U0054767

王基倫——著

鐘樓應該有怪人

散文

我的
歐亞紀行

序　Berthillon冰淇淋

關於旅行的記憶，總是以不同的方式被解構與重組。正如同我的巴黎聖母院印象，召喚出的不是華麗玫瑰玻璃花窗，也不是塔頂托腮沉思的石獸Gargoyles，而是對岸聖路易島上的Berthillon小店。

初次造訪於盛夏八月，登完塔樓後，來到一橋之隔、據說是全法國最負盛名的冰淇淋店，卻只見暑休公告。數年後於五月再訪，待綿長人龍融化後，爬上河堤發抖握著甜筒，聖母院背影一同被凝結在淺粉微甜的覆盆子口味中，沾上大片灑落的淡金色陽光，取代往昔一貫存在的潔白印象。

王基倫老師在書中同名短文〈鐘樓應該有怪人〉一文裡，記錄了在巴黎聖母院的登塔過程，跨越四百階梯後，雨果小說中怪人藏匿的鐘樓如是再現，在旅人的凝視與詮釋中，建築物裡的細節逐一靈動鮮活，重新開啟城市的諸多想像。

除了巴黎之外，基倫老師此書中的足跡涵蓋歐洲與亞洲共十二個國家，記錄多年海外訪學交流的難得體驗，以學者身分開展的人文之旅，連綴東西方多處學術機構與藝術殿堂，嚴謹平實的文字風格，信手拈來各式豐富知識典故，跨越疆界，更使得遊記充滿了厚度與深度。

輯一於荷蘭萊頓大學訪學一年的居遊生活尤為特別，不同於他處旅程，基倫老師在此輯中特別以「家」稱呼萊頓大學的住處。對旅人而言，出發點與回歸點的自我差異，正是每一趟旅行的重要意義。當居遊時間拉長，移動與定點的界線逐漸模糊，看似平凡瑣碎的飲食起居，反而才是更為真實、進入當地的旅人之眼，此輯中所書寫的生活片段，從交通工具、人際交流、異國節慶、自然景觀……，無一不具體呈現城市與久居者的深刻映照。

在書中更可見基倫老師各種性格的展現，有平日熟悉溫和的學者風範——與中國、日本學者的專業討論，於羅浮宮蒙娜麗莎畫作前認真抄寫的渴望；也有著長年旅行所淬鍊出的韌度——於比利時火車上據理力爭、馬來西亞多次勇敢浮潛；抑或旅途意外所帶來的自我省思——於萊頓大學漢學院圖書館暈倒的驚險、鄭州機場錯過班機的心境轉換……，隨著旅途的延伸，當旅人書寫他者的同時，也更真切地書寫了內在深層的自我。

從書名開始，《鐘樓應該有怪人》總讓我想起那天下午在聖母院對岸的冰淇淋，沒有添加任何奶製品的雪酪（sobert），完全取材於水果本質的清爽細緻，卻反而極度濃厚馥郁。美好的遊記亦是如此，不須過多繁麗文字綴飾，每道風景皆是真誠人生倒影。

陳室如

自序

整理完第一本散文集後，我就了解自己是一位平實真誠的記錄者，而不是什麼計畫型寫作的作家。這本《鐘樓應該有怪人——我的歐亞紀行》是一位旅行者的生活遊記，可能也稱不上旅行文學。我只是在出國途中，以一位外來者的身分，觀察感受當地的生活，說出個人的旅行體驗與文化想像。

我第一次出國，已經是三十五歲的年紀。那時兩岸剛開放交流，我們從香港經過羅湖，來到深圳，深圳還是經濟特區，一般大陸民眾必須申請才可以來此地工作。走在深圳街頭，全是所謂的「無產階級工人」，衣著都是灰撲撲的，沒有一個胖子，沒有人戴眼鏡，好一個與臺灣迥然不同的世界！後來我有多次機會前往中國大陸參加學術會議，常常受到各方學者的禮遇，得以順道遊覽當地的名勝古蹟，深入了解傳統文學地景的相關知識。走遍中原大地，也走過窮鄉僻壤，可以想望古代的中國，是歷史的中國，地理的中國，文化的中國。先民在此地留下了不少文化資產，或幸蒙保存，或慘遭破壞。曾經，我趕在長江大壩截流之前，走訪了長江三峽、酆都、秭歸、荊州，就為了看一眼即將淹沒的古蹟聚落；也曾因為受邀到武漢大學講學一個月之便，深度走訪城鄉。這本書的一大特色，就是身為文史學者的訓練，促成我寄寓更多的文化關懷。

這本書的敘述主體——我，於年近半百初到荷蘭時，又多了來自異國文化的衝擊。我仔細認真的看，不盲目跟隨潮流走，追求客觀的敘述。從這時候開始，我才真正開始用心在旅行，而後由荷蘭走向法國、南歐、中歐與北歐。這本書的編輯方式即循此而來。

輯一寫荷蘭，〈小橋流水人家〉、〈單車逍遙行〉、〈新舊鹿特丹〉、〈風車磨坊〉……都寫得很客觀。到了輯二，慢慢地，開始寫出自己的所思所感，〈鐘樓應該有怪人〉、〈向無名烈士致敬〉、〈我也喜歡蒙娜麗莎〉、〈沉思者你在想什麼〉……愈來愈能提出自我觀照的成分，這也預示了寫作風格有些轉變。

除了自我追求轉變之外，生命性格的潛能也逐步顯現出來。譬如輯三〈驚豔佛朗明哥〉一文，有位認真的讀者提出她的讀後心得：

> 您的內心充滿了生命活力，內蘊著澎湃的激情。看著文章，我有時會訝異，您面對激烈的充滿動感場景時的強大定力，能夠清晰有序地，條理分明地看清楚紛亂場景，雜亂心境，還有陌生領域中發生的一切，用有條不紊，慢條斯理的表達，一五一十地告訴讀者。光讀文字，就能充分感受到那份舞蹈的激情和舞蹈的

動率，還有場面的非凡熱鬧，裹挾著濃郁的異國風情，還有燈火闌珊盡的惶惑和清冷及無措。作為一位讀者，很幸福。

我知道，類似這樣的文章，在結構、選材、還有敘述上都是再三思量過的，也是長期訓練的結果。如這篇文章，材料的順序安排就很有意思，卻也巧妙地吻合了心境的跌宕起伏，妙在不著痕跡地，平淡無奇地敘述口氣，與文章的激情動感構成反差而又呼應。

這篇文章有聽覺摹寫，再有視覺摹寫，同時運用倒敘手法，始終環繞著舞者的動作與節拍不間斷的書寫，最後空間位置由小而大，從歌舞歡唱的場面走入逐步沉澱的思緒中。時空的交錯，帶出「我歌月徘徊，我舞影零亂」的亂中有序的場景，是舞蹈美學的完成，才能有作者筆下的好文章。我欣喜自己的文筆之美，應當是生命中潛藏的動感能量挖掘了出來，也驚訝於世間竟有如此遇合的知己。

出自於散文理念的堅持，我希望能以忠實客觀的角度，表述當地的地景風貌，反映當地民情，呈現所見的文化視域。沒想到隨手寫出來的散文，也獲得不少的肯定。〈幸福時光〉一文，追旅思的情懷，引起多位讀者的共鳴。〈聖心堂的彌撒〉一文，被世新大學中文系丁肇琴教授看出懺悔的心靈。此外，我自己很喜歡〈堤坊小孩〉、〈火車上的爭辯〉、〈處罰學生的地方〉、〈辛苦的爸爸〉、〈拆不穿的西洋鏡〉、〈天子駕六〉……這些作品，大概是因為海外旅遊遇到不少新鮮題材，寫作主題多變化，新奇感一直留在心底。

與一般遊客不同的是，當我深入庶民生活，從一開始荷蘭地景的了解，來到後期認識他們的內在世界後，真正是「眼界始大，感慨遂深。」譬如單車道的平坦舒適，臺灣人如果用心五十年可以做出一些成果；但是荷蘭人推動母語的成效，人心重道德，儉樸、務實、不炫富的修養，恐怕臺灣人一百年也難以企及。我後來相信，像我這般學文史的人，出國就是增廣見聞，誠實面對內心的世界，比讀萬卷書更有收穫。

我試圖掌握資料，重塑自己的故事，用文字建構起來的奇幻世界，帶領讀者進入他們未曾去過的異國，也能想像或感受到當地的美好。走過一甲子，生理年齡不再是我們生命中最重要的年齡。當我寫散文時，內心沒有包袱，只是用溫和的筆調，回望人間，跟讀者對話。我要感謝韓良憶女士、陳子浩研究員、杜瑜弟研究員、熊禮滙教授、張清華會長，以及諸多陪伴我走看世界各地的朋友們。藉助大家的幫忙，才能出版這本散文集。當然也要謝謝為本書寫序的旅行文學家陳室如教授，她是我的同事；也感謝出版社的編輯鄭伊庭小姐及美編工作同仁。

目次

輯二　歐洲・法國　075

輯四　亞洲・中國大陸　137

輯五　亞洲・香港／柬埔寨／泰國／馬來西亞／新加坡　197

輯一 歐洲・荷蘭

萊頓／阿姆斯特丹／鹿特丹／臺夫特／哈靈根

荷蘭，一個比臺灣稍大的西歐國家。我因為前往萊頓大學（Universiteit Leiden）訪問研究，有幸在這裡駐足一年，飽覽美麗的風景，體會友善的人情，因而隨手寫下期間的生活紀錄。小橋、流水、人家，單車、風車、方塊屋，還有那新舊交會的建築，傳統與當代融合的生活方式，都深刻的印在心版。

到萊頓的第一天

班機提前一個小時降落在荷蘭史基浦（Schipho）機場，心情帶點兒喜悅和興奮。想起出門前幾天，阿姨問我：「要離家這麼久，內心會不會很掙扎？」我告訴她：「這次是自己申請去的。」言下之意我會勇往直前，充滿著四海為家的豪情壯志。可是，內心其實沒有這麼篤定。臨出門前，最牽掛的還是家中的妻兒稚女、母親，還有那兩個工作不太順遂的弟弟。妻送我上飛機，我告訴她：「這次出國心情很不一樣。」

經過一整夜的長途飛行，時空轉換，心情才好了些。清晨五點多，飛機降落後，又滑行了二十多分鐘。天色未亮，窗外飄著濛濛細雨。我好奇的望向遠方，怎麼也看不出偌大的一座機場，竟然低於海平面。

在機場內，海關查驗人員問明來荷蘭的目的和時間、地點。接著趕忙詢問行李提領的旋轉盤在哪裡？問答都很簡短，已經感受到熱情和友善。我很自然的用英語交談，有時要先停頓一下想出一個說法，講出來的話都被對方聽懂了，溝通還可以。

迎接我的是瑞米（Remy Cristini）。他很幽默地介紹自己的中文名字：「吉祥的大米」。眼前這位高大的年輕男孩，有著白淨的臉龐，深邃的眼神，祥和友善的微笑，打從心底看起來很舒服。這就是典型的荷蘭人了吧？不，我弄錯了。他是義大利裔的荷蘭人，父親從義大利北方遷居到此地。

機場地下層就是火車站，搭車到萊頓（Leiden）只要十五分鐘。走出萊頓中央車站，轉搭計程車到住處也只要十五分鐘。七點多鐘，小鎮還飄著零星細雨，慢慢地張開了眼。薄霧微曦中，穿過古色古香的建築街道之後，出現的是金色陽光穿照河岸兩旁樹影幢幢的美麗景色。車行樹縫間，彷彿在光影中追逐，好美麗的一幅動畫。原來，車子從市區駛向郊外，陽光也從隱蔽處走到空曠的地方。萊頓很美，雨中，霧中，陽光下都很美。

車子沿著河岸行駛，開進了紅磚道，寧靜的住宅矗立在兩旁。這裡看起來很像高級住宅區，都是二層樓高的透天厝，門前花草崢嶸，窗櫺素樸雅緻。我即將蝸居一年的地方，是一間很美麗的小屋。

房屋坐落在巷子口，屋前有座三角公園，大樹聳立其間，視野寬敞而清靜。屋內陳設高雅，有地毯，有掛畫，有白色潔淨的窗簾。玄關、客餐廳、開放式廚房、衛浴間、臥室、無線網路，一應俱全。房東太太赫萊絲（Greet Looÿestÿn）介紹了很齊全的設備，我知道基本生活已經無憂無慮。

瑞米和我稍事閒聊，啜飲一杯咖啡，然後問我：「有時差嗎？」我告訴他：「沒有！昨晚睡得很好。」於是立即起身，走去萊頓大學漢學院報到。

萊頓是一座古城，地面多是石塊或紅磚鋪成的。從住家往學校走，沿路都是行道樹，還要經過幾座小橋。最近家門的是木板橋，只有五公尺長。為了讓腳踏車也能過河，橋身兩側都有斜坡道，剛好讓車輪走過。瑞米提示我觀察橋面的設計，我很欣賞它的古樸小巧。

雨勢忽然大了起來，頭髮溼了。我們加快腳步，奔向目的地。途中章因之老師用手機詢問瑞米接到人了沒有？瑞米告訴她：「我們快到了。」不到兩分鐘，我們已經來到章老師的辦公室，握手寒暄，見到了一直與我接洽的人。章老師人很漂亮，也很精明幹練，是來自大陸的華人。接著見到來自臺灣的林欽惠老師，人很親切，早先我已經寄了兩箱包裹請她代收。我來到歐陸，實在是舉目無親，現在見到通過信息的朋友，心頭倍覺溫暖。

萊頓安排我個人一間研究室，看完研究室後，又到圖書館參觀，瑞米正是在此服務。有他幫忙，借閱書方便許多。我在書庫樓層上下轉了一圈，大致了解他們的藏書進得很多，也很快。

我在走回住屋的過程中，迷路了。這裡多的是小橋流水，沿著河岸走，路常常是蜿蜒曲折的。依稀記得來時路都是直的，哪裡想到有些路是轉個彎然後變直的？二十多分鐘的路程，我花了一個半小時才走回到「家」。怪自己忘了帶地圖？還沒買腳踏車？還是要怪自己貪戀沿途的風景？萊頓古城很美，小河，小橋，石板路，行道樹，還有雅潔的住家。

參加鄰家的party

信箱內送來一張邀請卡，寫著：「親愛的先生：明天晚上在隔壁家有一個party，地址是月亮街四十二號。假如您喜歡，您可以來和我們共享飲料。誠摯地邀請您，您的鄰居Frank Velmeer。」雖然，這位鄰居我還來不及認識，但是看起來蠻有誠意的。既然是附近鄰居家的聚會，我已經認識了樓上的房東太太赫萊絲，也認識了對門的鄰居柯雷（Maghiel van Crevel）教授，索性就走一遭吧？

八點鐘左右，我一進門，就受到男女主人熱烈的歡迎。他們告訴我這是每月初輪流舉辦的家庭聚會，邀請附近的鄰居和熟識的親朋好友，順便為這個月份過生日的壽星慶生。我告訴他們：「受邀覺得很榮幸，也很高興能來這裡認識許多朋友。」看見男主人正在庭院生火，我問他：「是要烤肉嗎？」我失言了。他們只是請喝飲料，不提供吃食的。主人告訴我；「生火冒煙是為了營造氣氛。」這可是很有情調的家庭聚會呢！

客人們陸續來到，有的是夫婦同來，有的是全家大小一起來。他們一見到老朋友，又是擁抱，又是親吻面頰，熱情得很。他們也不會冷落我這個新朋友，幾乎每個人都問我從哪裡來？要待多久？能適應這裡的天氣嗎？當他們知道我才來三天，不免露出驚訝的表情。有人問我，為什麼研究漢學不留在臺灣，或去中國大陸，而要來到荷蘭？當我告訴他們：萊頓大學是全歐洲最早研究漢學的重鎮，它們的《通報》（*T'oung pao*）名聲斐然，教授群的研究成績卓著時，他們都露出驚喜的神色。男主人的弟弟遠從阿姆斯特丹（Amsterdam）前來，他告訴我曾經學過中文兩年，老師教過他：「女人和小孩合起來就是個『好』字。」當他寫出這個字時，邊寫邊說中文字很難寫，我順便告訴他「子」字的字形就是頭大大的，兩手向外張開，像我們看見襁褓中的小嬰兒的模樣。他聽得津津有味，直說這些圖畫文字很有趣。

大家都很熱情，很健談。大人們在庭院聊天，也可以隨意走入客廳，走進廚房。主人搬出家中所有的椅子，大多數時候還是要站著聊天說話。也因此，走動走動，常常更換說話對象。小孩們隨著動感音樂在房間熱舞，舉手，甩腳，扭臀，擺腰，盡情歡樂。跳累了，也跑出來圍成一桌喝飲料，加入聊天的行列。有位十七歲漂亮的小女生，來到我面前伸手問好，這是典型的荷蘭人的大方熱情。

兩個小時下來，有聊不完的話題，也結交了不少新朋友。我見識到了一場美好的家庭聚會。

大孩子玩興正濃

開學沒多久，大家彼此還不是很熟悉。一群來自世界各國的朋友，就在荷蘭萊頓大學國際交流中心旁的空地，玩起疊疊樂來。

這不是小時候的玩具嗎？可是放在地上，每個尺寸都變大了。一人輪流抽取一塊，而且不能讓它倒。剛開始還很容易，後面的愈來愈難。輪到後面的人，常常是繞行一圈又一圈，仔細看一遍，到底抽掉哪一塊才是最安全的。剛過關的人，拍手慶賀，她把難題留給後面的人。愈是後面的人愈危險，尤其自己先前已經闖過很難的一關了，沒想到大家都沒陣亡，又輪回來了。不時聽到許多尖叫聲，「Oh, my God!」驚呼聲連連。

照片中的金髮女孩顧不得零亂的鬢髮，小心翼翼地抽走一塊。旁邊有人頷首讚許，有人交頭接耳，也有人目不轉睛地注視著，緊張的心情盡在畫面中。

大孩子玩疊疊樂。

小橋流水人家

萊頓城不大，而城內的河流頗多。環繞整個市中心的是略呈四方型的古代護城河，這條運河看起來也不太寬，但是三十公尺長的古帆船、貨櫃船都可以駛入。在這市中心內，還有一條也是略呈四方型的小運河，這裡面可能是古代的內城吧？兩條河之間有一條「人」字型水路交錯其間，另外還有許多條小支流。這一座小城，竟然有這麼多的水，水域面積和街道面積一般多。水路是通衢要道，水都可以通向城外，通到地圖上看不到的很遠的地方。

平常的時候，古運河的水悠悠的流著，水已灰黃，訴說著年代久遠的輝煌歲月。到了假日時，水面上滿是遊船。遊客坐在船上靜靜地欣賞風景，沿岸高大的垂柳，還有楓香、馬栗，以及許許多多不知名的結實纍纍或不結實的大樹，拂面而來。市區西南角靠近萊頓大學植物園的岸邊，更是綠坡平野，繁花錦簇，遊人如織。我心底想，下次我來划船，一定要划到這個地方。

有流水就有小橋，看橋也是一種享受。大大小小的橋面設計都不同。為了讓船隻通過，許多橋是可以打開的。這些橋通常是機械橋，橋上有大柱、吊索，橋邊有大齒輪軸，一看就知道橋面可以上下推移。另外有些支流只容小船通行，那就用拱橋。拱橋橋面中央隆起，有木製的，也有水泥做成的；較長的拱橋下面有三五個涵洞，較短的一個橫面跨過就可以了。橋上欄杆有的造型優美，有的簡單實用，因為置身於河岸綠樹間，都被襯托得雅致可愛。

有流水小橋就有人家，住在這裡真是幸福。河岸旁綁著許多小船，它的主人應該是岸邊的住家。水岸住宅的視野都很好，風景自然天成。還有些水上人家，他們住的船屋是可以漂移的。我家附近橋頭下的船屋就很別致，主人刻意留下一角當作陽臺，可以飽覽橋景水色。

元朝馬致遠的〈天淨沙〉寫道：「枯藤老樹昏鴉，小橋流水人家。古道西風瘦馬，夕陽西下，斷腸人在天涯。」我總覺得這些句子的畫境很美，尤其是平面構圖不斷延伸真的很美，就是意境悲苦了些。來到萊頓以後，更能確定河岸風景有著平面延伸之美，但也相信「小橋流水人家」的畫面不一定悲苦，它也可以帶來安詳親切可愛的美感經驗。

荷蘭現代版的「小橋流水人家」，美不勝收。

遊船與划獨木舟

我來的這幾天，天氣出奇的好，遊船幾乎天天有。有時看到可容納三四十人的觀光船，船身較低，遊客坐在船艙內，隔著玻璃看風景，真不好玩。沒辦法，船頭插上一面萊頓市旗，船尾插上一面荷蘭國旗，公家的船，安全第一嘛！私人的遊艇好玩多了，大多是露天的。有時大孩子聚在一起聊天，或在船頭上踢水，小孩子也攀附在船舷邊玩耍。偶而也看到一個人獨自出遊的情景。他老兄站在船尾掌舵，站得高，看得遠，遇到橋樑涵洞，馬上欠身，然後再往偏靜的小路探險。最快樂的是在船上拉手風琴的或是彈電吉他的人，在他的帶動下，全船盡情歡唱，歌聲洋溢，帶給周遭人幸福的感覺。好一幅「獨樂樂不如眾樂樂」的景象！

我也坐上遊船，感受到水多，橋多，船也多。水裡有水鴨、天鵝，牠們很親近人，討人喜歡。不計其數的烏鴉在岸邊覓食，不時又有水鳥自水中一躍而出，牠們貼近水面飛行，飛行一小段才昂首離去。在這裡，買年票以後才可以釣魚。釣到小魚須放生，釣到大魚才可以帶走。荷蘭人釣魚不是要帶回家煮來吃，什麼東西都想煮來吃，包括河中自由自在的水鴨，那是中國人的想法。他們只是享受釣魚的樂趣，釣到大魚也會放生，只是有些魚被魚勾弄得奄奄一息，那就會丟給旁邊的水鳥吃。這是大自然的生存法則，人與鳥與魚和諧共生的一種方式。

有一次我租了獨木舟划行，更有殊境。這種洋人比賽用的獨木舟，狹長輕便，靈巧而搖晃，最適合我這個愛嘗試新奇又愛冒險的射手座挑戰。剛上船時，船身不穩，只好伸長雙腳，打直身子，和船身結合成「生命共同體」。無奈水波興起，船兒喜歡戲水的本性不改，總想棄我而不顧。這時只好與它抗衡，它向左，我偏用力向右划，反之亦然。稍稍把它馴服了，卻又有大船在旁作鯨吞之勢，誰說「船過水無痕」？那總要激鬥數分鐘後才能稍稍喘息。等到一切風平浪靜時，細思剛才所做種種努力，總是多餘。只要輕輕划槳，順勢而為，既不費力，也不強求，自然風行水上，輕舟已過數里路。這時才有心情瀏覽周圍風景，看看船屋，望望林木，或貪戀而注視，或遐思而玄想，或是乾脆擱置船槳，平躺在舟中，惟天為大，任水漂流，舒放身心，不亦快哉！

想像這裡四季分明，晴雨朝夕又各不相同。心中約定下回天候有變化時，一定要再來親近這美麗的風景。

美好的生活品質

走在萊頓街道上，沒有負擔。你不必擔心爭先恐後拼命搶道的該死汽車，也不必擔心身旁衝出來一輛惹人破口大罵的蛇行機車。這裡的開車族懂得禮讓，一定讓行人優先通行，車子和行人結合成優閒的節奏。於是，路上不必有忙碌的交通警察，也不必設立繁複的交通號誌。五公里平方的小城，居然看不到五座紅綠燈。生活，可以優閒，不必著急。生活，從懂得禮讓、懂得尊重做起。

荷蘭人引以為傲的一件事，就是大家都騎自行車，全國自行車道比汽車道路還長。令人驚訝的是，自行車比汽車多，汽車比機車多。機車不是很方便嗎？為什麼寥寥可數？他們告訴我，機車很貴，而且政府規定要先有汽車駕照才能再去考機車駕照。這真是聰明合理的辦法。因為機車肇事率高，提高機車駕照的門檻是應該的。

荷蘭人還有一項美德，那就是他們對路權的定義。據說，路權一般是以腳踏車優先，行人其次，最後才是汽機車。原因是腳踏車不方便行進中跳上跳下，而行人可以隨時止步，隨時再前進。汽機車污染源較大，城市內許多車道禁止進入，大多在郊外行駛。因此，騎腳踏車可以穿梭大街小巷，隨意遨遊；上班、購物，都是最方便的交通工具。更重要的是，它還可以風馳電掣一番，行人對它也禮讓三分呢！

正因為以自行車代步，污染源急遽減少，所以這裡的空氣品質甚佳。我剛來到萊頓時，真為它的空氣清新感到興奮！平常走在路上，隨時可以大口深呼吸，空氣真好。有一回，我走到一座小橋，駐足了一會兒，隨意張望四周的景色。忽然間感受到周圍充盈著涼爽的空氣，慢慢吸入，輕輕吐出，五臟六腑有說不出來的暢快！這時候已經是早上十點鐘，水氣氤氳，薄霧迷濛，船屋依舊停在橋頭下。想到自己可以在這裡生活一年，心頭好滿足，嘴角泛起一絲微笑。傅佩榮教授寫過《那一年我在萊頓》這本書，書中提到萊頓的清新空氣，他說：「光是這一項優點就值得我長途跋涉了。」這句話，我深有同感。

優閒的心情，禮讓的生活態度，清新的空氣品質，奠定了這裡美好的生活。

單車逍遙行

我們一群人浩浩蕩蕩從萊頓市區出發，前往海邊戲水。大家都騎腳踏車，只有一人曾經去過，印象有點模糊了。果不其然，騎了很遠之後，我們迷路了。

問路吧！先問一位婦人，她看到我們之中有人車子已經騎過頭，趕忙叫他們回來。接著，另一位婦人也停下她的腳踏車，問我們遭遇了什麼困難。兩位婦人一起討論了很久，這時連停在路口等紅燈的私家車也探出頭來，他一定覺得一大群人聚在一起，是有很大的困難了。後來又來了一位婦人，她也加入討論的行列。而我們呢？手扶著腳踏車，站在旁邊等答案。

終於，其中一位婦人開口說話了：「Follow me!」

「Oh！Ya！」大家忽然都有反應了。原來她們三人用荷蘭語交談，我們全都聽得「霧煞煞」，忽然聽懂這一句，或者說是喜出望外吧，「問路」變成了「帶路」，大家都高興了起來。

於是有兩位婦人一起騎車，帶領我們騎向海邊。她們兩人可能是鄰居，也可能素不相識，現在一起走在前頭，也很熱絡的交談起來。騎車過程中，她們還為我們介紹一些地名，我們都聽不懂，互相看來看去，也不知道該作何反應。婦人很熱心的帶領我們再騎下去，大約騎了十五分鐘，來到一個岔路口，她才很放心的告訴我們，一直走下去就對了。我們很高興，婦人看著我們的表情，也很高興的轉身離去。大家的反應都是：她們太親切友善了！

我們沿著她們指引的方向，很快的抵達海邊。清風徐來，心情舒暢無比。來到荷蘭之前，就知道這裡有許多腳踏車的故事：女王也騎腳踏車；幾乎每人都有一臺腳踏車；一輛全新腳踏車平均單價飆到七百歐元；境內的腳踏車道總長一萬公里以上，可以環繞臺灣島至少十一次。還有，荷蘭進口的腳踏車最多的是來自臺灣。這些數據，都讓人瞠目結舌；但是，只有騎上腳踏車時才享有真正的自由快樂。因為當你感受到這裡居民的友善、和樂、親切、熱誠時，你會喜樂充滿心田，內心飽滿一種快樂逍遙的感覺。

騎車往海邊的單車專用道。

幸福時光

看完了張藝謀執導的電影「幸福時光」，眼淚撲簌簌的落了下來。

故事女主角是個眼睛失明的女孩，與後母住在一起。她的母親早逝，父親遠到異鄉工作，說好要回來接她治病的。可是一去多年，音訊全無。她時常想起父親，那是她心靈深處最大的寄託。不久，後母把她趕出家門，讓她自生自滅。後來她也知道，父親欠債累累，對她不聞不問，不可能回來接她了。正當她對人性徹底絕望時，一位認識沒幾天的老伯伯伸出援手，安排她就業，貼補她生活費，帶給她有生以來最大的快樂。

等到小女孩發覺這些都是出自老伯伯和他的朋友們費盡苦心的安排後，為了不增加眾人的負擔，她懷著感激的心情離開了「家」，獨自出外謀生。小女孩一個人走在路上，孤獨的心頭，縈繞著眾人的關懷和勉勵，在勉勵祝福的聲音裡，行向遠方……

故事中的「爸爸」是個奇特的角色。「真爸爸」不曾露面，但是小女孩與生俱來的天性始終愛著他的。然而他做了些什麼？沒有。他能不感到慚愧嗎？後來出現的這位「假爸爸」呢？他從來沒有被小女孩叫過一聲「爸爸」，然而能夠為小女孩設想的，做好的，他都一一去完成。他沒有多少錢，也沒想太多，只是出於同情憐憫之心，就動員了許多朋友來幫助她。小女孩能不感激他嗎？他在小女孩心目中的地位恐怕是無可取代的了。

為人父者，最起碼應該陪伴在小孩身邊，陪她們一起成長。等到子女長大成人，步入結婚禮堂時，為人父者又會牽著女兒的手，把她交給女兒心儀的對象，好像在對女兒說：「從今以後，你就離開父母親呵護的懷抱，奔向另一個幸福的天地。」許多次看到電影中的這一幕，我都會擔心自己未來會不會在那種場合內心激動而不能自已——以身為父親的角色？

身為父親以後，我對子女沒有一刻忘懷。而這裡，是異鄉荷蘭，今天不能陪伴你們；而今夜，二〇〇六年十月六日是中秋夜，我隻身在荷蘭萊頓市。

萊頓城光復節

荷蘭是個低地國，他們除了與海爭地，也會用洪水擊退敵人。與水抗爭的歷史就是一則傳奇故事。

十六世紀的時候，西班牙人入侵荷蘭。荷蘭人在奧瑞治（Oranje）家族威廉王子（Prince Willem of Oranje, 1533-1584）的領導下，奮力抵抗強敵。敵軍節節進逼，攻到荷蘭中西部萊茵河下游的萊頓城。這時，威廉王子下令打開堤防，引進洪水。一五七四年十月二日，大水湧進萊頓城，居民死守在城堡內，成群的西班牙人紛紛作鳥獸散。當時，有個男孩偷偷穿過城門，跑去瞧瞧西班牙人是否已經真的離去？結果他所發現的，

光復節當天舞弄刀槍的遊行隊伍。

只有一個四周冒著餘燼，燉著紅蘿蔔、洋蔥和肉的鍋子。

英勇的萊頓市民終於擊潰敵軍，寫下這一頁光榮而重要的歷史。從那時起，奧瑞治家族被擁戴為荷蘭皇室，荷蘭人逐步建立起自己的家園，從此邁向統一。傳說威廉王子提出了感謝萊頓市民的兩種方式：一是免稅，一是建立一所大學。萊頓市民認為免稅可能被收回成命，於是他們選擇「大學」。這就是萊頓大學的由來，也因此奠定了萊頓後來成為荷蘭最具人文薈萃的城市。

直到今天，每年的十月三日，萊頓城就熱鬧不止，市民大肆慶祝這個很有歷史意義的萊頓城光復節。

記得這天上午，市民扶老携幼，搬出椅子，坐在自家門口馬路邊，等著欣賞遊行節目。一開始有聲威浩壯的鼓號樂隊，吹鼓手步伐整齊的走過。跟在他們後面的是傳統馬車、戰車，車上有許多古裝戰士，揮著大刀、長矛，雄糾糾、氣昂昂的迎面走來。當他們走到觀眾較多的地方，會在街頭即興表演起來。馬車上有座古城門，他們在城門下耍弄刀槍，還會對著城門叫陣，丟糧秣，射長槍。另外有許多人穿著古裝步行，有的扮作商人，有的扮作良家貴婦，有的扮作醫師，有的扮作難民、俘虜，更慘的扮作瀕臨死亡的士兵，正在接受神職人員的降福，準備「升天」去也。當年戰爭會有什麼景象，都可以把角色扮演出來。

接著還有一大串隊伍，是大家愛看的電子花車遊行。他們都是「愛現」的團隊，卻一點也不低俗呢！有一輛大花車上滿載著小朋友，她們沿路唱著優美的民歌童謠，大概是學校的合唱團。那純真的眼神，訓練有素的嗓音，贏得熱烈的掌聲。有一輛大花車上全是年輕男孩，他們正在瘋狂演奏，好似開個搖滾樂派對。兩三輛大花車上都是妙齡女郎，她們載歌載舞，婀娜多姿，令人看得目不暇給。又來了一輛藝人全身穿白衣的花車，個個在車上「起乩」，手足舞蹈，動個不停，音樂一停下來就靜止不動，統統成為雕塑藝術品，自由女神、莫札特、大衛雕像……都出來了。真有趣！

遊行隊伍集結到市民小廣場，夜晚時分，這裡會施放煙火，照得小城燦爛耀眼。電視臺也來轉播，讓全國民眾也可以感受到萊頓城慶的喜悅。這一天萊頓市民放假，其他城市可沒有這麼好的福氣。從白天慶祝到晚上，幾乎所有的節目都來自民間，來自老百姓自動自發的參與，因此，除了歷史紀念意義之外，就是讓大家發揮創意，隨意搞笑，自娛娛人。與民同樂的光復節，帶給萊頓市民快樂的回憶。

秋風過後的驚喜

我剛到萊頓時，驚喜於路樹的高大挺拔，綠意直衝雲霄。住家正在大學植物園附近，靠近河岸邊的行道樹迎風搖曳，好像在打招呼。河岸青草坡上楊柳扶疏，水鳥嬉游其間。

十月底，秋意忽然濃起來。我在家中靜靜的讀書，猛然聽到一陣陣風聲呼嘯狂奔，久久不肯停歇。那些樹葉抵死不從似的，任憑風力不斷增強，始終回報以葉葉相拍的掌聲。整個下午風聲陣陣襲來，稍稍休息一下，又不肯離散，然後再次吹起「大風歌」。這天的風聲很大，有好幾級的颶風。

其他樹都落葉了，惟有楊柳枯黃而不掉葉。

風力時大時小，折磨一個月左右，樹葉產生了變化。老運河夾岸的馬栗樹最壯觀，短短幾天，由深綠到淺綠，到淺黃，到棕黃，最後轉成棕紅色，然後滿樹華蔭在數天內一起壯烈成仁，留下滿地的葉片。枯黃的葉片日復一日的覆蓋在青草坡上，給大地織錦，形成天然的圖案。那是每處都獨一無二的排列次序，以綠色為底，以黃色為點綴，東點一點，西點兩畫，然後飄撒下一大片一大片的錦繡。如果真有這麼美麗的床單、地毯，或是窗簾，那該多美好！

楓香樹大約晚半個月開始落葉。它從頭頂開始落髮，一大片一大片嘩啦啦的落下來，只剩下一些嫩葉掛在矮矮的枝頭上。鵝黃色的小葉兒，乍看之下，有春天初來報到的錯覺。

不同的樹葉輪番變色，最後都是裸身示人。楊柳樹比較特別，很慢才變黃。雖然也會凋落，但是它的枝條茂密，遠遠看去好像不曾掉葉似的。已經換成新曆了，還有些柳葉附著在枝椏上。這讓我想起朱自清說的那句話：「楊柳枯了，有再青的時候。」來年春天可能是楊柳葉先來報知春訊吧！

當樹葉凋零殆盡，才發現每棵大樹都有青苔色的樹幹。荷蘭多雨少晴天，那是雨水順流而下造成的。這時候鷗鳥聲陣陣傳來，在高空叫寒，視野也大不同。向高處望去，每家閣樓的造型各具巧思，風景十分美麗。許多原本隱密的住家庭園，豁然開朗起來。

有一天，我發現更大的驚喜：樹枝上有鳥窩！走著走著，又看到庭院裡有個更大的鳥窩。因為葉片落光了，它們才出現的。鳥窩灰褐而有點稀疏，不像螞蟻窩那麼密實黑濁。我仔細端詳那鳥窩，一點動靜也沒有，不知道鳥兒已經飛向南方了呢，還是窩居在鳥巢內一起取暖？

我曾經告訴兩個大孩子如何辨認鳥窩；也跟他們說過小鳥窩可以擠進去三四十隻燕子一起過夜；還跟他們說起，有個頑皮小孩為了撿鳥蛋而從柚子樹上摔下來的故事。後來全家人都來這裡過年，我又把這些故事講給小女兒聽。她聽故事時的喜悅表情，惹得全家人滿心歡喜。因為鳥窩的出現，我看見一對水汪汪的大眼睛，露出驚喜的神色。每回外出，她都會數一數看見的鳥窩，十天下來，總數超過兩百多個。

當春神降臨大地的時候，新葉初蕊逐一綻放。幾天不見，青綠的新芽忽然遮滿樹梢，給大樹披上一層新衣。傍晚時分，總有幾隻鳥兒守候在鳥窩旁，牠們在等待親人回家。還有幾棵大樹顛還是光禿禿的，也許是高處不勝寒吧？這時候大半的鳥窩都被遮掩起來，大樹梢的鳥窩反而益發清明。

有一天，當我從荷蘭中部坐車開往南部的時候，居然見到高速公路旁一排大樹上，高高懸掛著三四十個鳥窩。天哪，那是鳥窩群！車行不久，又見到一個鳥窩群。這麼壯觀的景致，來不及數數兒，來不及拍照，這教我如何告訴小女兒這種驚喜呢？

圖書館昏倒的那一刻

我人生中第一次的昏倒，竟然發生在荷蘭，在萊頓大學漢學院的圖書館裡。

如往常一樣，這一天我移動著輕快的腳步，帶著筆記型電腦，來到漢學院的圖書館。之前連續四五天，漢學家高柏先生（Koos Kuiper）搬出四五套善本書，都是難得一見的珍品借給我。為了這批不能複印的好書，我一直淹沒在書海中，巴不得趕快消化它們。每天在圖書館裡看書、打字，成為我的例行公事。

下午三點多，當我看完一批資料後，把重點輸入完畢，我想到可以再找些專業辭典作補充。於是，我翻動著一本本大辭典，蹲在地上檢索材料，再把它們歸位。當我站起來時，忽然覺得有點暈眩，腰骨好酸好累，以前在臺北的誠品書店找書，不也曾這樣嗎？剛從蹲在地面上站起來的那一刻，常常會有點暈眩。

這時候，我試圖伸個懶腰。沒想到，剛伸一下，頭頂一片漆黑，心底立刻驚叫起來，彷彿看到頭部和上半身像自由落體一般，急速墜落！時間只有一兩秒，立刻失去知覺，不知道發生了什麼事。等到我醒來時，已經癱軟在地板上，只覺得痛！好痛！兩隻手撐著地板，勉強坐起來，好一會兒，稍稍有點回神，感覺到自己流血了。上嘴唇很痛，鮮血直流，已經腫了起來。再勉強自己站起來時，身子有點歪，左腳膝蓋也疼，走路一跛一跛的，全身都乏力。

這裡是圖書館的參考室，鋪有地毯，角落有個人在專心看書，竟然沒有察覺任何異狀。我向圖書館員求救。瑞米拿來一盒醫藥箱，看了一下，還是先請校醫來吧。這時我的血還在流，牙齒齦也痛，持續耳鳴，左額頭上方和右臉頰下方都隱隱作痛。大約過了五分鐘，校方的醫護人員來了。他看了看狀況，說明能夠處理的情形，因為主要撞擊點在上嘴唇、鼻孔下方，這裡不好貼紗布，只能先用清水清洗，再作冰敷消腫的工作。其他兩三處擦傷暫時不打緊。然後他告訴我，要好好休息兩天，觀察是否有嘔吐、頭痛的現象。

想著自己的傷勢，真不知道是怎麼撞的？居然全身上下左右都有擦撞的痕跡。可能倒下的那一刻，我正面撞擊到書櫃的橫木，然後左前額跟著擦過去，身體向左後方倒，右臉頰下方也跟著遭殃了，最後是左膝蓋碰到書櫃下面的木柱，而後倒下。如果真是這樣，那麼整個人就像是個螺旋體，三百六十度旋轉般急速癱軟下去。

我冰敷了很久，冰塊夠冷才有效。到了晚上，齒齦還在痛，人中部位消腫了一半，由鮮紅色變成了淡紫色。可是腫翹起來的嘴唇，看得到裡面全是瘀血積出來的黑紫色。往裡一翻，面積還真大。第二天早晨我看見四個紫紅色的大門牙齒痕就印在嘴唇內頁。

我來到荷蘭訪問研究四個多月，已經習慣了這裡的生活方式。譬如早餐、中餐都吃得很簡單，晚餐吃得豐盛些。那幾天的早餐是鮮奶加玉米片，中餐是兩杯巧克力麥粉，或是一碗泡麵。有時我起床比較早，為了把握時間，趕早去學校，早、午餐吃得還更少些。幾天下來，體力已經變差而不自知，一心只想快點去讀書、打字。低頭猛打字，長久不變的坐姿，自己的血液循環也變差了。儘管我能在事情發生後分析得頭頭是道，但是為什麼不能在事前先留意一下呢？

回到臺灣後，做了抽血檢查，血清正常，沒有貧血現象，只能說當時太大意了。「不經一事，不長一智。」這次事件對我來說是個警訊，或許警訊也來得早一些。正因為它來得早，警告的意味就更嚴重了。我祈禱往後不再發生這種事，那一刻真讓人驚悚害怕的了。

萊頓新年煙火秀

房東太太打電話跟我說：「今天是跨年的日子，晚上十二點鐘，可以到戶外歡樂一下。」我趕忙問她：「要去哪裡呢？」她說：「哪裡都好，戶外就可以了。」我略感詫異，因為現在九點多鐘，一點兒也感受不到戶外的歡樂氣氛。

真沒想到，到了半夜十二點鐘，戶外忽然爆聲隆隆，四處硝煙，好不熱鬧！屋內每一扇門窗，都被火光照耀成一陣紅、一陣白的。打開門一看，家家戶戶燃放高空煙火，亮麗繽紛的彩色火焰，照耀整個夜空。有的直衝雲霄，有的如螺旋飛碟般扶搖直上，也有的準頭不夠，歪歪斜斜的橫掃到樹叢間。紅、黃、橘、綠，各色光芒，此起彼落，美不勝收。

小朋友最興奮了。他們聚在一起，又跳又叫。鄰家女主人一見面就問我：「要來一杯香檳嗎？」炮仗聲太吵，她問了我兩次，才聽到我的回答。不久，她就端來一杯香檳酒。主人的弟弟又從阿姆斯特丹來玩，他點起掛在樹上的炮竹，正是在臺灣家家戶戶過新年燃放的那種長串鞭炮。他們都很好奇臺灣過新年的情形，我告訴他們臺灣過農曆新年，還有拜年、發紅包的習俗。他們也有拜年，就在這個時候。大家互相問好，滿口都是「新年快樂」！

我站在家門口，以三百六十度角環顧四周，看到好幾處煙火較為集中，猜想那是公園、河岸邊，較為空曠的地方。今晚煙火秀特別美麗，更妙的是，大家都集中在這一個小時內施放，把萊頓城打造的璀燦又美麗，令人感受到全民同歡，普天同慶！可是，一個小時之後，戛然而止！大地恢復平靜，大家都回到被窩，享受安靜好眠的夜晚。

荷蘭人過新年只施放一小時的煙火，放紙炮的人也很少。往後的幾天，我不曾聽到鞭炮聲，更別說一聲聲很嚇人的單響炮了。還記得三個月前，萊頓城光復節的煙火是慶祝單位放的，一般老百姓不可以放。如果已經「忍耐」了一年，終於等到了這一天，卻又只能放一小時，這對臺灣人來說豈不瘋掉？

在臺灣，耶誕節、過新年弄成一長串假期，時間拖得好長。放假日就到商場血拼，疲於奔命，在賣場裡聽那些耳根都快聽爛掉的老掉牙耶誕歌曲疲勞轟炸。荷蘭人卻不是如此。他們用平靜的方式，很休閒的過日子。在庭院照顧花木，到公園打球，天氣好的時候，騎車到郊外走走。中午過後，在河道邊、街頭轉角的露天咖啡座聊聊天、曬曬太陽、欣賞風景，這是他們最大的享受。連續幾天下來，除了咖啡座外，街道還是稀稀落落的。因為多數人選擇待在家中，捧一本書，品一杯茗，放鬆心情閱讀。想狂歡的話，那就約好在跨年夜的晚上相見。

他們對於「假日」的定義，清清楚楚。也就是說，平日專心工作，假日才放鬆心情去玩。從耶誕夜前一晚的十二點鐘，就在子夜時分，這座小城霎時燈火通明，大家開始放長假。燈炮掛滿樹梢，同步綻放光芒，五彩繽紛的過節氣氛延續到跨年煙火秀的夜晚。元旦的下午，家家戶戶自動清掃門前的炮火紙屑，他們以恢復平日生活的方式，開啟嶄新的一年。

這麼守法克制的民族，真讓我打從心底佩服。

大隱於市的修道院

來到阿姆斯特丹的遊客，會走一趟熱鬧繁華的購物街（Kalverstraat）。從中央車站走向鑄幣塔廣場（Muntplein）之間的購物街，路旁還有一間阿姆斯特丹歷史博物館（Amsterdams Historisch Museum）。可是許多人不知道，沒幾步遠，隔壁的一條巷子裡有座修道院，這裡是荷蘭人——尤其是有宗教信仰的人會走進來參觀的地方。

歐洲的教堂都蓋在市中心，神職人員住在市中心附近不足為奇。只是很難想像，從熙來攘往的人潮轉個彎，就會進入另一個完全清幽的世界。我從巷子口遠遠望見這裡有座寧靜的庭院，就走了進來。看到門口的告示牌才恍然大悟，上面清清楚楚的寫著：「這裡是BEGIJNHOF私人靈修中心，請保持寂靜，尊重人家的休息和隱私。群眾、旅遊團、拍片、射擊、騎車者和狗請勿進入，只歡迎個別的訪客們。」

我好奇的走進來，看到一處處勝景。映入眼簾的是一座大庭園，庭園中間立著耶穌基督像，周圍是住宅。從大庭園轉個彎，又有座小庭園，庭園中間有座修女像，大概是修會的會長。兩座庭園中間有個舊式的汲水井幫浦，想見以前住在這裡的人生活自給自足，對他們來說，這裡可以是終身足不出戶的修道院。

西元一四七七年這裡建造了第一棟木造房子，之後，一直保存原貌。距離現在，已經有五百多年的歷史了。當初這裡屬於羅馬教皇管轄的舊教（天主教），是個很隱密的地方。宗教改革運動興起後，捐給了英國改革教會，院內鐘樓的門楣上刻著：「英國改革教會，一六〇七年」。有鐘樓就有教堂，教堂內有聖母像，是天主教的風格。外側牆壁上有許多宗教故事的浮雕，一件件小品，下面刻上人名，想必是信徒們的傑作。後來這裡有許多教友住在一起，全屬女性，絕大多數是天主教徒，她們遵守貞節的誓約。一九七一年住在這裡的最後一位教友去世，現在裡面空蕩蕩的，只供作宗教用途。

嚴格說來，這裡並不是修道院，而是次於修道院的靈修中心，類似在家修行的信徒們住在一起的小聚落。譬如它的小教堂不像一般的教堂那麼莊嚴肅穆，它可以用來祈禱，談話，或是靜默冥想，也可以讓非教友進出。這裡兼有收容孤苦無依的女孩的功能，曾經是阿姆斯特丹很重要的救濟院。荷蘭各地的救濟院數量相當多，陳璐真所寫的《荷蘭》這本書上說：「這些救濟院大多以鰥、寡、孤、獨、廢、疾者為主。一個城鎮中的救濟院有的高達數十個，這些地方大多稱為Hofji。每一個Hofji中間有一個漂亮的花園，有的甚至還有一間小教堂。現在，許多城鎮中仍能夠見到這些救濟院的遺跡，而且有的還開放讓人參觀。」（頁十一）。我欣賞這裡的清幽寧靜，也很欣賞告示牌展示著她們當年的博愛精神：

Within our walls let no one be a stranger.

在我們的門牆之內給予關注，沒有人是陌生人。

生活的位置

旅遊書介紹阿姆斯特丹時，常常會提到滑鐵盧廣場（Waterlooplein），它是荷蘭最大的露天跳蚤市場。我來的不巧，正逢下雨天，有些攤位提早收攤了，遊客也零零落落的，減去了熱鬧的氣氛。不過，旁邊的市政廳有個很有趣的地方。

在市政廳的平面樓入口處，有個展示空間，展示阿姆斯特丹的水位標準。那是在西元一六八四年的九月一日，測量出過去一年來阿姆斯特丹的港口在風平浪靜沒有漲潮的情況下的水位平均高度。當時就被稱為「阿姆斯特丹水位」（Normaal Amsterdams Peil，簡稱N.A.P.）的水位基準，一直是荷蘭和許多歐洲國家採用的海平面參照標準。

今天，這裡立下了一個水位定標管，標管上面的刻度告訴我們現在的生活位置。大約我此時此刻站立的地方，是在海平面一公尺以上。地下室有一間模型屋，可以看見現在的房屋、運河、牧場，大都在海平面之下，地下鐵當然更不用說了。外牆上有個鋁製的貼圖模型，把市政廳、歌劇院、水壩廣場、機場所在地……的地理位置，用橫剖面的方式呈現出來，當漲潮的時刻，水位會在這些建築物的地下室的半層高度，也會淹沒整座機場。為了防止海水入侵，荷蘭人只好建造堤壩和水閘，用石塊固樁來支撐堤防。水的下面是泥土和泥炭，再下面是沙層，固樁的樁基須放在第一層或第二層沙層之上。原來，這座城市建立在泥炭土地上，而城市運河的水位低於海平面四十公分。

「上帝造海，荷蘭人造陸。」與海爭地的艱辛，外人難以想像，恐怕外國觀光客知道的更少。當我詢問一位管理員，「這裡有個西元一六八四年的水位基準可以在哪裡看見」時，她的黑眼瞳閃閃發亮，露出驚喜的神色，很高興的指引我。她還問我：「你知道是一六八四年？」其實我只知道這麼一點而已，所以才來一窺究竟的呀！

市政廳內的定標管。

鹿特丹的親切

來鹿特丹（Rotterdam）之前，已經透過國語日報社湯芝萱編輯的協助，聯繫了旅居此地的名作家韓良憶女士。當時就知道她還是我妻淑苓的大學同學，親切感又多了幾分。於是，來到荷蘭不久，立刻安排走訪鹿特丹。

良憶很細心的告訴我如何搭車到達鹿特丹。我帶來兩位學生張沅築、李盈莊，良憶和她們很快的就熟絡起來，恰好都是臺大外文系的小學妹，其中李盈莊更是仰慕作家的讀者，她尤其興奮。

從中央車站走來，不到十分鐘就到了林班街（Lijnbaan）。這裡是全世界第一條行人徒步購物街。街道有點歷史了，看起來其貌不揚，卻有些高檔的名牌店。林班街的盡頭，是一條露天的地下通道，被當地人戲稱為「購物溝」（Koopgoot）的布斯特維斯（Beurstraverse）購物中心。從這裡望見不遠處有一家平價百貨HEMA的店招。良憶告訴我們，十年前這裡還在大興土木，而今，成為可以買不同價位商品而連成一氣的購物商場。

接著，我們進入規模宏偉的市政廳。這裡不是對外開放的景點，但是也不會拒絕外國觀光客來此一遊。良憶帶我們走進大廳，告訴我們她在此地辦理結婚登記的趣事。大廳內部有拱門形的樑柱，有石雕像，有古色古香的宮燈、壁飾、彩繪窗，而更漂亮的是中庭，那爬滿牆壁的綠色藤蔓，令人賞心悅目。要不是良憶對此地情有獨鍾，我想我們也不會踏進公家機關的大門。

一般觀光客來到中央圖書館，都是在外面品頭論足她的建築之美。良憶領我們走進來，看看中文圖書區的藏書，說一些她的借書經驗。我看到好友黃雅歆的書，馬上拍下相片，想讓她高興一下。

後來我們去看了立體方塊屋，走過威廉橋，在北島散步。用完餐後，近觀伊拉斯謨斯橋（Erasmusbrug，又稱天鵝橋），見識到新奇有趣的現代建築藝術；再搭電車到臺夫特港（Delfshaven），欣賞古老的鄉間風情。這條路線，是良憶「私房散步路線」的精華篇，她的大作《在鬱金香之國小住》（皇冠出版社）有過深入的介紹。良憶每到一處，總能夠把背景知識介紹的一清二楚。她住在這裡，源源不絕的發現驚奇。對一位喜好人文藝術乃至於生活飲食的人來說，住在鹿特丹，是一種幸福。

今天的行程很豐富，良憶昨天還和先生討論過遊走的路線。她的用心，她的親切，讓我們留下了深刻美好的印象。傍晚了，她在車站送別我們。剛轉身走了幾步路，兩位大朋友立刻對我說：「她真是好好的人哦！」

造型優美的天鵝橋。

新舊鹿特丹

有些人不喜歡鹿特丹，說沒有古蹟，不夠典雅；然而也有許多人讚美鹿特丹有許多現代化的雕塑、橋梁、摩登的建築，來一趟「鹿特丹建築之旅」準沒錯！

古老的鹿特丹，而今正是一個現代建築試驗場。它在二次大戰期間飽受德軍凌虐；等到盟軍反攻時，又不能倖免於戰火，於是城內建築物都被摧殘殆盡。這也提供了它浴火重生的契機。在政府當局支持下，世界頂尖的建築名家都來這裡大顯身手，發揮創意，於是可以看到新建築的萌生如雨後春筍，就好像在觀賞舞臺上角色人物的輪流登場。住在這裡的居民，親眼目睹迅速變遷的地貌，感觸可能比我們更深吧？

從中央車站走出來，沒見到一般歐洲大城市都有的廣場，鹿特丹用這樣的開場白告訴我們戰火的洗禮。但是走不到五分鐘，我們就通過了林班街，來到一座劇院廣場（Schouwburgplein）。這是一個興建不久的四方形開闊空間，周圍排列著劇院和電影院。廣場地面用木板和壓克力墊高成舞臺，最醒目的是旁邊四五根紅色的燈架，造型仿自大船的桅桿，可以投射出光柱，讓開放空間無限增大。是一個很有現代藝術感的開闊空間。

鹿特丹市政廳規模宏偉。

從這裡向東走，愈接近港灣區愈有看頭。市政廳古色古香，規模宏偉。舊教堂被炸毀一半，今已復原。再走到水管寶寶攀爬金字塔般的中央圖書館，像飛碟降落的布萊克車站（Station Blaak），立體方塊屋也在附近。這兒還可以看見馬斯河（Maas）上的鐵路橋墩，如今鐵路不再行駛，橋架掛在半空中，供人瞻仰憑弔，也是國家古蹟。接下去，可以走到有一段歷史的威廉橋（又稱紅橋，Willems Bridge），想像它在七〇年代銜接鹿特丹南北兩地車水馬龍的風華氣派。過河之後就是北島（Noorder

Eiland），站在這頭，才能欣賞一九九六年興建完成的白色天鵝橋的正面身影，有如天鵝展翅飛翔，是近年崛起的鹿特丹新地標。

從北島漫步到南端，來到薇赫明娜廣場（Wilhelminaplein）。廣場入口是鏤空成ㄇ字形的高樓，廣場一角有皇后雕像，正前方又有一件高聳直立，上面有朵烏雲的雕塑品。它們各具特色，有古典，有現代，卻又聚合在一起，讓路人看到哪一件藝術品都可以沉思良久。

走出廣場後，是一望無際的馬斯河。從南岸眺望市中心的北岸，現代化建築聳然特立，在它們下面貼近河濱的地方，還有一排很長的舊式建築站在那裡。新舊建築物交疊融合，形成完美的統一。

這才是真正迷人的鹿特丹，它不但長久以來都是吞吐量世界第一大的港口，也是一個具有歷史感，又能融合現代化建築精神的城市。

立體方塊屋

來到鹿特丹的人，一定會到立體方塊屋（Cubic House）走一遭。雖然你可能看過它的照片，但是你一定會驚喜於初次和它的會面。

我們從中央車站的方向走來，沿著梯級向上走，會先到達方塊屋的後院。令人驚訝的是，它不是照片上看到的「一排」房子，而是像「一叢」聚落的建築體。這裡本來就是政府興建給市民居住的集合式住宅，主要是長條形的建築物，再由兩端稍微向內拗，圍成一個小庭院。每一戶房子懸在一根大柱子上面，個個獨立；但是屋子的下方有一道特別的「天橋」，又把住家們連成了一氣。從屋外看來，柱子排列整齊；偏偏上面的房子凹進凸出的，錯落有致。所以照片看起來是平面的，來到這兒才知道很有立體感。

這是皮特・布洛姆（Piet Blom）在一九七八年的傑作。他把每棟房子設計成一棵樹，聚集許多棵樹就是一整座森林。坐落在海邊，你說它像不像椰子樹的姿態呢？他當初的構想是要設計出一個在大城市內能夠安居樂業的的聚落。這批房子的高度相同，大小相同，方正菱形屋配上鮮明黃色外牆，很亮眼，具有整齊的現代感；但是屋子都挑高懸空，遺世而獨立，四十五度的窗戶斜開向外，從下面看上去，窗扇搖搖欲墜似的，又

立體方塊屋。

很具有後現代感的巧思。在當年這確實是很前衛而創新的作品，直到今天，放眼全世界，它還是走在前端的建築設計。

光看外觀，無法解決心中的疑惑：到底如何住人呢？從前一定有許多遊客在下面駐足圍觀，議論不休。聰明的七十號屋主乾脆向政府申請，開放住宅，自己出任私人博物館館長。於是我們每個人乖乖的奉上兩歐元，他老人家好整以暇地坐在門口電腦銀幕前，日進斗金的過日子。

我們進入屋內後，傾斜感全都不見了。屋內的地板是平的，一樓是客廳和廚房。二樓是內部最寬敞的地方，先利用右角隔成書房，桌面就在窗戶的下沿，光線好得很；中間放張大雙人床，床頭也有個小窗；再利用左角做成樓梯間。最上層是荷蘭人慣有的閣樓形式，這裡裝潢成一小間會客室，可以喝茶聊天，也可以休憩養養神。閣樓的光線極好，光線透過金字塔形狀的玻璃尖頂灑落，亮麗不已。四面玻璃窗帶來極佳的視野，家家戶戶享有一片穹蒼。

房子的高度有點不足，空間還是小的。設計者去除了隔間，再利用高挑採光的原理克服那些侷促感。主人翁也會調整他的桌椅擺飾，櫥窗、盆景也很美，居家內容原本就不是一陳不變的。如果你能「既久而遂安之」，那麼在這裡過兩人世界的生活，倒也自由自在。

「一棵棵的大樹」矗立在港灣旁，方塊屋的正前方是鹿特丹的舊港灣。門前空地而今是喝咖啡的好地方，前方不遠處還有一棟十二層高的大樓，當年是全歐洲最高的摩天大樓，它守候著曾經盛極一時的全世界最大港口的門戶。物換星移，地貌變遷。來此啜飲一杯咖啡，還可以想見當年川流不息的忙碌景象，發思古之幽情。下回你來到這裡，欣賞立體方塊屋的小巧精緻，也別忘了它的群體大氣，可以在這裡稍事停留，眺望遠方的海岸，欣賞它那獨立自在而又與外圍景觀相結合的地標風範。

風車磨坊

風車像個大巨人似的，孤孤伶伶的站在那裡。隨著年歲的增長，它的同伴越來越少了。它的確是荷蘭的標誌，向南走到比利時，風車就少了許多，從前比利時曾經是荷蘭的國土。到了法國，幾乎沒有風車。荷蘭政府意識到風車的重要，已經開始鼓勵保存它。而我很幸運的來到臺夫特港（Delfshaven）看到的這座風車，身體很健康。每週星期三還對外開放觀光，今天正巧可以登上風車內部，一窺堂奧。

進入內部，才發覺這座風車老當益壯，常常耕田拉犁。裡面是直攀上去的木梯，梯很陡，可以上到第五層。第一層和第二層是儲藏倉庫和機房。走到第三層，麵粉味飄香而來，放了好幾個大木桶，盛接磨好的麵粉。磨坊主人可以在這一層啟動按鈕，讓絞盤起動機運轉。主人很重要的工作是持續關注天氣和風力。

再上一層真正是風車的工作室了。風車轉動時，會帶動兩個大齒輪。大齒輪接軌運轉，把傾盆而降的穀物，在兩具平放的磨碎器中碾壓。其間還須經過蒸餾的過程，才能有晶瑩潔白的麵粉。風車運轉的很慢，慢工出細活，造就出顆粒極為細致的粉末。把麥

像個巨人的風車。

風車內部轉運磨坊的大齒輪。

粒磨成細麵粉，再順流而下，匯聚在一起。齒輪軸、繩索間布滿了細麵粉，想要匯聚成桶是需要時間的。

這一層可以走出門外觀賞風景。圍繞著風車塔座有一圈平臺，走在平臺的木板上，下面懸空，有如棧道一般，可以感受到幾分驚駭。在平臺之上，可以眺望臺夫特港，港灣河道上人們優閒的划船。居高臨下，鐘塔、教堂、房屋、樹林、河道、船桅，清晰可指，歷歷可數。風車建在沒有遮蔽物的地方，視野絕佳。

牆上有兩張照片，分別是一九八四年和一九八七年拍攝的。

記錄了這三年之間，風車復原前以及改建後的樣貌。看來都像是燈塔形的古堡，最大的差異是增加了觀景平臺。主人告訴我們，這座風車還外銷到日本，幾年前在日本北海道複製了造型一模一樣的風車。

地面層還出售風車麵粉，高筋、中筋、低筋都有，主要是白麵粉，還有配上燕麥雜糧之類製成的鬆餅粉。麵粉要做得好，小麥品質要好，再加入高纖維元素和一些植物種子，調配好精確均勻的比例。售價比市場賣的稍貴，行情看俏。聽說風車磨出來的麵粉，保留高度的礦物質，一般機器生產的會流失許多礦物質。

風車就是一座麵粉磨坊。磨坊主人可能很忙。起風的時候，他要給風車扇頁穿上帆布。沒有風的時候，他必須收起帆布。他就像燈塔的守衛者一樣，常常要觀察天象，做同樣的工作。風車帆布就像一件大外套。從前這件大外套都是男生穿的，統統灰撲撲的；現在已經染上仕女時尚風，施抹許多色彩，遠遠望去，多得是彩繪風車。

有一回我對著彩繪風車照相，幾天之後再去取景，那個景致就看不到了。原來風車轉頭了。風車會隨著迎風面而移位，所以它的背景變化萬千，也因此一年四季、每日的陰晴或是晨昏，都可以造訪風車，景色巧妙不同，各有殊境。風車真美！

堤防小孩

荷蘭西北海岸的漁村，流傳著一則故事：

在很久很久以前，居住在北海附近的荷蘭人，大半以打魚維生。這裡風強雨急，冬季氣候嚴寒，他們為了生存下去，不得不與海爭地。於是，他們用堤防隔離海水，生活在比海平面還低的土地上。

有一天傍晚，一個小男孩走過海堤，他發現堤防有個小缺口，海水正從缺口緩緩的流瀉出來。他心裡想，如果海水不停的流瀉下去，缺口越來越大，水量越來越多，到了明天早上，整個村莊就會被淹沒了。可是，怎麼辦呢？他站在這裡，看不到行人，天色又漸漸的黑了。他只好把手伸入缺口，堵住海水，等待救援，就這樣的捱過一個晚上。

第二天清晨，村民才發現這件事情，大家都很感激小男孩，因為他的機智、勇敢，拯救了全村的老百姓。

依稀記得，在民國五〇年代的小學國語課本，我讀過這則故事。課本還配上插畫，畫著很高很長的堤防，小男孩蹲在堤防下，彎著腰，伸出手，用力按住那海水流進來的缺口。可以想像海水的冰涼，手臂的痠麻，還有深夜來臨的孤獨感與恐懼感，讓小男孩吃足了苦頭。要不是他有善良的心腸、堅定的決心，他怎麼可能支撐下去呢？

當我造訪荷蘭西北岸以後，才知道這一則故事流傳相當久遠。因為故事的發源地已經不可考，小男孩的真實姓名也不可知，有許多村莊都聲稱這個小孩是他們村莊的人，還為他立了雕像，於是許多地方都有類似的雕像。

最知名的「堤防小孩」的雕像，立在荷蘭北方菲仕蘭省（Friesland）的出海港哈靈根（Harlingen）。這裡曾經是很古老的漁村，也是菲仕蘭居民出入外地，或是外國人進入荷蘭的重要口岸。而今，漁村蛻變成漁港，海堤依然挺立在那裡，連綿不絕，隔開了大海與平原，作為清清楚楚的分界線。假如有一天海水潰堤了，那真的會帶來巨大的災難。也因此，不知道從什麼時候開始，流傳起這個「堤防小孩」的故事來。

當我來到哈靈根時，看到「堤防小孩」的雕像，吃了一驚。因為雕像和我讀過的小學課本不同。這個小男孩跪在堤防邊，把左手伸入洞口，又轉過身，把右手圈住嘴巴，向遠方大聲呼喊。他在呼救，他很著急，他的肢體動作很傳神，雕像把小男孩情急之下的反應都表露出來了。

真是百聞不如一見呀！雕像雖然很小，大約一百公分長寬；經過海風長年的侵蝕，也略顯斑駁了。但是，它小巧而醒目的立在港灣邊，訴說著千古流傳的一則英勇故事。

如果有一天你來到哈靈根，還可以流連一下港灣碼頭區的風景，這裡是市中心最熱鬧的地方，有著國家級保護的古蹟建築——十六世紀到十八世紀的精美山牆，其中包括早期「東印度公司」的倉庫。令人想見當年這個港口有過繁華昌盛的歷史。

輯二　歐洲・法國

巴黎／尼斯

從荷蘭到法國，只須半天。那年我常常就近往返，有時找資料，作研究，更多的時候在走訪古蹟，朝拜藝術殿堂，細細品味舉世聞名的絕美作品。我因此更加了解法國的歷史、宗教、藝術，也認識多位好朋友。回顧這一年的旅程，恰好不同的季節四度來訪，其中仍然以秋天的風景最美。

鐘樓應該有怪人

我來歐洲之前，臺北已經上演過「鐘樓怪人」音樂劇。這齣名劇改編自法國大文豪雨果（Victor-Marie HUGO, 1802-1885）的虛構小說故事〈巴黎聖母院〉（*Notre-Dame de Paris*）。故事中三個男人愛上同一個吉普賽女郎，情愛交纏糾結，有很強的戲劇張力。只是我沒料到，這故事的發生地點——建於十二世紀到十四世紀之間的巴黎聖母院，竟然矗立在塞納河畔，是這麼的宏偉壯觀。

這是一座歌德式建築的經典之作。正面以立柱構成，由過廊分為三層。底層有三個大拱門，雕飾宗教故事人物千餘位；在拱門之上又有諸王廊，並列猶太國二十八位國王的塑像。牆柱精雕細琢，人物栩栩如生，美觀而有氣派。中間一層的左右兩側是一對莊嚴的大圓形玫瑰玻璃花窗，直徑九公尺長。花窗之美，要走進教堂，從裡往外透過光線才看得更清楚。這時候，你又會感受到教堂內莊嚴肅穆的氣氛。遊客們輕聲細語，仔細參觀主殿和環繞四周的偏殿。許多雕像、繪畫、銀器、聖物，都是難得一見的精品。

每天都有絡繹不絕的觀光客來到這裡，大家還想爬上鐘塔，一睹鐘樓的真面貌。

守候在鐘塔外的怪獸。

逐步登階的過程，真是「仰之彌高」。站在中間層上方，見到許多奇形異狀不知名的怪獸。牠們從鐘樓的某個尖角、牆垛，或是牆面的突出部分探出身來，或坐，或立，或俯身斜下，個個面目猙獰，以驅魔避邪的威力，守衛大教堂，守護著高空下的芸芸眾生。怪獸或站在屋椽上，或站在欄杆上，向外張望，「凌萬頃之茫然」，而我們站在牠的身後，也為牠奮不顧身的舉措，看得驚心動魄。

我們從東塔橫過西塔，怪獸一路護送我們。一般教堂都有兩個鐘塔，塔內大大小小的鐘很

鐘樓東塔的雕飾。

多。而聖母院的鐘塔之間，還有繁複的藝術雕刻懸空高掛在石壁外，鬼斧神工，令人歎為觀止。聖母院拔地而起，傍河而立，風景十分壯闊；陽光鑒照之下，但見金色光芒灑向天際線，不斷地延伸、延伸。

再轉入西塔的最高處，木梯更窄也更為繁複。三五步就轉個小彎，越走越高越來越陰闇起來。塔頂一座尖閣，四壁無窗，一層樓高的大鐘安置於此。大鐘的背後還有木梯可以上去。木梯層層包圍這座大鐘，這就是「鐘樓怪人」可以安身的地方了吧？最上面的鐘最大，很少人費盡千辛萬苦爬上來，於是鐘樓後面可以住著一個面目醜陋的怪人。他住在雲端，與世隔絕，不為人知。

這裡是巴黎市中心的一個黑暗角落。據說雨果二十八歲時創作〈巴黎聖母院〉的靈感，正是來自參觀聖母院大教堂的實地經驗。當年他在一座鐘塔的陰闇處，無意間發現一面牆上刻著一個希臘文字Anarkia（命運），因而激起他的遐思。在他的揣想下，鐘樓真的應該有怪人，他就住在這裡。

高唱凱旋歌

拿破崙（Napoleon Bonaparte, 1769-1821）是不可一世的英雄人物，他在全盛時期倡議興建的凱旋門（Arc de Triomphe），至今仍然是法國人緬懷的榮耀。

凱旋門在西元一八〇六年奠下首塊基石。這時候的拿破崙南征北討，所向披靡。他正計畫著勝利回鄉接受盛大的歡迎場面。沒想到一八一五年滑鐵盧（Waterloo）戰役大敗，他再次被放逐，在南大西洋的聖赫勒拿島（St. Helena Island）度過餘生。直到一八四〇年，他的遺體和軍隊終於通過這座凱旋門。

來到凱旋門，目光立刻集中到牆面上的浮雕。面向香榭麗舍大街（Champs-Élysées）的〈馬賽曲〉浮雕，雕工精美，是Francois Rude的作品。這組浮雕表現了一七九二年馬賽（Marseille）義勇軍趕赴巴黎，捍衛國家的高昂鬥志。凱旋門只有一個拱孔，卻高達五十米。在拱頂高處的浮雕，描繪了拿破崙著名的軍事勝利，屋簷下刻著那些大型戰役的名稱。跟隨他征戰的將官姓名都刻在拱門內牆上，將領的名字比軍官的名字稍大些。

凱旋門內有座拿破崙博物館。再走到頂層，更有不容錯過的壯麗景觀。從正門望向香榭麗舍大街，這條路一直接通向協和廣場（Place de la Concorde），那是法王路易十

為拿破崙，也為法國將士而立的凱旋門。在夜幕低垂時，城門外依舊車水馬龍，燈火輝煌。

六（Louis XVI）一七九三年被推上斷頭臺的地方。在城門上走一圈，驚訝地發現十二條大道如星輝的光芒從凱旋門放射出去。尤其到了晚上，道路全是黃紅燈織成的彩帶，耀眼奪目，璀璨動人。後來才知道，那十二條大道竟然還是以法國知名將領命名。

凱旋門永遠為拿破崙矗立著。在這裡，人們謳歌讚頌拿破崙，也讚頌那些勇敢為國犧牲的將士。拿破崙不能生前光榮的走過凱旋門，或許心中終有所憾；但是歷史已經記錄他戰功彪炳的一頁，凱旋歌永遠高唱不停，感召那些前仆後繼的英勇將士。

向無名烈士致敬

已經是秋天了，夕陽還未下山。

下午六點三十分，許多遊客圍攏在巴黎凱旋門四周。不遠處，一支軍隊排列整齊，在將官們的帶領下，前來向為國捐軀的無名烈士敬禮。列隊的士兵圍成一圈，南面、北面的士兵各三排，人數眾多；東西向的士兵各站一列，大約是兩個班。士兵的衣著不同，還有女兵，總數上百人。站在前排的將官有五位，勛章掛滿胸前，每位衣著也不同，顯然是各軍種的代表，另外再加上一位身披紅帶的值星官。儀隊的國旗居中，其他不同的軍旗陪侍在旁，總數十面以上，這是大陣仗的禮儀。

值星官高喊口令。軍樂聲悠揚響起，聲音高揚，聽來有一股莊重肅穆的感覺，心潮忽然奔騰澎湃起來。將士們一起行徒手禮，目光直視正前方。奏樂完畢，獻花致祭，將官致詞。士兵們在寒風抖擻中聆聽長官的致敬詞，將官的語氣平和、連貫，肺腑中流出一股堅毅的力量，他正在表達對無名烈士崇高的敬意。

凱旋門內有座墓碑平躺在地上，上面墓誌寫著：「這裡安息著一名為祖國而死的法國士兵，一九一四至一九一八年。」原來，他們是向第一次世界大戰期間陣亡的英雄敬

凱旋門內獻祭的鮮花和永不熄滅的墓火。

禮。想當年，戰況慘烈，死傷無數，有些陣亡的英雄連姓名都沒有留下來，其中還有不少從國外前來參戰的士兵。墓碑內的士兵，代表著在大戰中死難的一百五十萬名官兵。而今國家沒有忘記他們，藉由向無名烈士致敬的儀式，表達永恆的追思。

每年七月十四日法國國慶日閱兵時，法國總統都要從凱旋門下通過；而每位法國總統卸職的最後一天，也要來此，向無名烈士墓獻祭鮮花。無名烈士墓火永遠燃燒著，那是永不熄滅的長明燈之火，象徵法國士兵的精神不死。戰爭雖然遠去，但是法國人民沒忘記戰爭帶來的死傷慘痛，並且緬懷一個世紀前的英勇事蹟。

行禮如儀，近半個小時。典禮完畢，軍樂聲再次悠揚響起，藍、白、紅三色國旗也隨風飄揚。將官在副將陪同下，從掌旗兵開始，一一慰勉士兵們，與他們握手、寒暄，這個場合，士兵享有崇敬。這真是泱泱大國的風範。

夜幕低垂，天色也暗了下來，那莊重威儀的一幕結束了。遊人逐漸散去，城門外依舊車水馬龍，繁華絢爛，大家都生活在戰爭結束後的太平歲月。

羅浮宮印象

我在巴黎逗留期間，遊走於各博物館，印象最深的終究還是羅浮宮（Le Grand Louvre）。這自然是因為她的館藏豐富，堪稱世界第一。而她的建館歷史，曲曲折折，也是一篇故事。她的巍峨建築，有時亮麗而壯觀，有時夕照而輝煌，在月色下又有燈火閃爍之美。她可以遠觀，也可以細讀，是那麼令人敬重，也令人依戀。

法國人顯然對他們擁有的文化遺產，感到自豪驕傲。這也無可厚非，許多文物都是價值連城的藝術精品，能不珍惜嗎？當我來到德農館（Denon）二層第六展廳內，就看到了前所未見的大陣仗。他們把〈蒙娜麗莎〉（*portrait de Lisa Gherardini*）這幅名畫裝框裱好，再用欄杆圍成弧形，兩旁站著一男一女警衛，細心看守著。許多畫並沒有裝框，通常兩三間展廳才有一名警衛，他們真的對「麗莎」特別禮遇。

然而，警衛並不只是防盜竊而已。這個展廳的人潮川流不息。前面的人如果細心慢慢品賞，後面的人只得耐心等待，或是歪頭歪腦，找個縫隙瞄一瞄。忽然間，警衛把欄杆移位，留出一個缺口。後面的人高興的向前推擠。一會兒警衛又把欄杆回復原狀了，看起來前面的人群還是站在原地，立足點並沒有移動。這時聽到女警解釋說：那位小孩太小了，在人群中看不到畫，所以她可以站到欄杆前面來。後來，坐輪椅的老人家、個子較矮的遊客，也可以享有這一點點特權。

我看到喜歡的畫，都會很認真的抄寫畫旁的簡介，這是我在惡補功課。當我誠懇的向警衛提出要求時，他很爽快的答應了。他指示我也可以站到欄杆前面去。眾目睽睽下，我拿著筆記本，彎下腰，仔細的作紀錄。紀錄還沒作完，就有位遊客來到我後面，想要抄捷徑瞄個過癮。這回他被警衛大聲斥責了好一頓。男警對這位東方面孔的遊客不假辭色，他可能很想找個地洞鑽下去吧？而我呢？抄寫完了，卻被他們擋住了出口，順理成章的看著麗莎的「微笑」。

法國警衛既通達人情，又能嚴格執行公權力。他們發自內心對文化有很高度的尊重。雖然，我無意享受特權；不過，近觀真的很美。

我也喜歡蒙娜麗莎

「蒙——娜麗莎，蒙娜麗莎……」這幅李奧納多・達文西（Léonardo Da Vinci, 1452-1519）的畫作，牽動了許多人的遐思，令人謳歌讚頌。而今她珍藏在巴黎羅浮宮，每天有數不清的遊客不遠千里迢迢而來，一睹她的真容。

這幅畫原名〈吉奧孔達〉（*Jacant*），畫的是吉奧孔達夫人——蒙娜・麗莎。是一幅木板油畫，長七十七公分，寬五十三公分，約作於一五〇三至一五〇六年。畫作不大，初看她時並不起眼。說她不起眼，是因為畫作沒有用亮麗的顏色，就是一幅背景昏暗的人物畫而已。

我注意到的是，畫中的女主角目光炯炯有神，嘴角微微揚起，看起來表情堅毅沉著。她穿著舒適的衣服，胸口白皙，手掌厚實，整個人端莊的坐著。

慢慢的，我又看到背景顏色和人物畫的協調。背景有黯藍的天空、灰色系的樹影、棕黃的小路，而畫中人物主要是棕黑色的髮色和衣著。雖然底色黯淡了些，但是人物的臉龐、胸口，以及手背，是光線最集中的地方，這告訴我們光源由上而下，聚焦在人物本身。

再端詳許久，更注意到背景的小路和人物的衣著都是用線條表現出來，但這不是一般美工的刻畫線條，而是與光影、色彩相融合的條紋。看那頭髮、樹影、衣著和衣服上的披肩，會發覺大部分的條紋被隱蔽起來，或者說是帶點波浪柔和流動的感覺。

後來我才知道導覽書所說的意思：「達文西使用了輪廓模糊的繪畫手法，描繪出流通、潤澤的空氣，讓人體的輪廓線條在光與影的相互作用下逐漸融化，與周圍的風景融為一體。這在〈蒙娜麗莎〉和許多朦朧背景陪襯下的人物畫中體現出來。」老實說，我在現場沒想到這些，也看不出流通、潤澤的空氣。後來我了解到西方美術史上有所謂的素描和色彩之爭，就更能體會〈蒙娜麗莎〉這幅畫融合條紋和光影的成績了。

據說，達文西非常喜歡這幅自己晚期的畫作，與之形影不離，從義大利來到法國也隨身帶著。這幅畫終於被法國收藏家買下，成為羅浮宮的鎮館之寶。

沉思者你在想什麼

來到羅丹博物館（Musée Rodun），庭院第一號的雕像就是羅丹（Auguste Rodin, 1840-1917）的名作沉思者（*Le Penseur*）。他高踞在高臺上，四周龍柏樹終年長青的陪伴他。沉思者居高臨下，低著頭，托著腮，肌肉分明強健，表情十分堅毅，略微帶點愁容，一直在沉思。在博物館內的沉思者，尺寸較小，就是原作，造型完全相同，也一直在沉思。究竟他在想什麼呢？

同是出自羅丹之手的另外一座婦女雕像，她也在沉思，可是她的肩頭上多了一塊大磚，壓得她喘不過氣來，表情當然更痛苦了。沉思好像是很大的負擔，多麼痛苦的事情。

後來又看到羅丹另一幅名作「地獄門」（*The Gates of Hell*），這幅畫畫了許多男歡女愛有點淫亂的圖像，於門楣高高在上之處也放了一位一模一樣的沉思者，他正俯視著地獄門內的芸芸眾生，沉思者因此更有感觸了。

我真的不知道沉思者在想什麼？在藝術的領域裡，這沒有解答。即使羅丹當初可能有他想要表達的意念，但是在不同的畫作，一樣的造型也可以有不同的詮釋。更何況昨

羅丹的雕塑「沉思者」。

日的羅丹又豈是今日的羅丹？他之前的表達原本就不必是創作完成之後的解答，更不是永遠的答案。讀者對羅丹原作的詮釋，可以是接近作者的原意，也可以不是。

也因此，沉思者在想什麼終於有了答案。那就是你看到他，你覺得他在想什麼，那就是他在沉思的問題了。藝術的奧秘在此。為什麼沒有解答，反而提供了人人有無限解答的機會，這不也是我們可以沉思一下的問題嗎？

深情之吻

羅丹的「吻」（*The Kiss*），真是經典。

這是一座雕像。男女兩人，男的坐在裡頭，女的坐在外頭，兩人都帶點側面，即將深情擁吻的姿態。坐姿是雕像的基礎，卻流露出飽滿的肌肉、堅實的力量。男的眼神專著，靜默，略微向下，女的仰臉向上，躲藏在雕像後方，她有勻稱凹凸有致的女性美，更有一顆熾熱渴求的心。他們的神情體態，都很深情。

學美術的朋友告訴我：「羅丹才是法國人的驕傲！羅浮宮內的法國印象派不足以代表法國，只有羅丹才是繼米開朗基羅（Michelangelo Buonnaroti, 1475-1564）之後不世出的大藝術家。他很聰明的用青銅表達男性，用大理石表達女性。青銅可以刷，刷，刷！刷出男性的力道！大理石可以渾圓些。他的後期風格已經傾向渾圓，這又開啟了後來的豪放派風格。他是位繼往開來的藝術家。」

再回頭看看羅丹這幅雕像，用的是大理石材質，不同的是，他有許多件作品都是純白色大理石；而這一件是帶有棕紅色的石材，更能襯托出肌肉的飽滿渾圓感。從不同的角度看這座雕像，會發覺人物的正面、側面，具有不同的巧妙。雕像有細膩的刻畫，從髮絲到腳趾；也有光滑的波紋，從背部到小腿。好像吻到了，其實又沒有。形式上是一種表現，情感上又可以作另一種會意。在這件高五十多公分、寬三十多公分的真品旁邊，放著另一件純大理石製成的複製品。許多遊客錯過了欣賞真品，只因為複製品巨大而搶走了目光。其實真品還是較有立體感的。

這座雕像放在主人從前住過的主臥房，陽光映照到屋內，光影交錯在他們兩人的身上，不同的時間走過她的身旁，會看到不同的光線照映出不同的風情。雕工之美，出神之思，讓人覺得這是很真誠的現實生活。雕像的解說牌寫著：一八八二年作。

羅丹的雕塑「吻」。

熱情的巴西女孩

耶誕假期間，我在巴黎的青年旅館認識了兩名巴西女孩。我問她們，是不是趁著寒假來玩？她們告訴我，是暑假，她們來自南半球。

哇！南半球。好遠的國度。坐飛機來到這裡要十四個小時，和我從臺灣來到這裡一樣遠。我們居然一東一西，在巴黎初相識，真是有緣。

她們是一對表姐妹，白種人，帶給我的最初印象就是開懷大笑，笑得很豪爽，很純真。兩姐妹用葡萄牙語交談，我聽不懂，可是每三兩句就大笑一次，一點也不含蓄。一旦有人上床就寢了，她們馬上會收斂自己，能尊重他人。

我們越聊越投機。因為她們剛從荷蘭過來，去過阿姆斯特丹、阿培爾頓（Apeldoom），那也是我去過的地方。她們喜歡阿培爾頓的羅宮（Paleis Het Loo）——現任荷蘭女王小時候住過的皇宮，和我的觀感一樣：「超極美！」她們也去過阿姆斯特丹運河旁的安妮之家（Anne Frank Huis），還有咖啡店。咖啡店可以賣微量的會上癮的大麻，那是我所不敢領教的，而她們卻因此喜歡阿姆斯特丹，還直說：「它是我的夢想。」

大概她們很喜歡放鬆自己，讓自己生活在無拘無束的天地間。第二天早晨，我們同桌進早餐，更印證了我的猜想。我請問她們，「巴西有日本人移民區，那麼日本人很多嗎？」她們告訴我，「在特定的鄉鎮，有特定的族群居住。但是在一般不必很大的城市，就可以見到許多不同膚色，不同種族，譬如葡萄牙後裔、黑人後裔、亞洲人後裔，生活在一起。基本上各種族是互相通婚的，所以種族之間已經大量是混血人口。」她還補充說道，「在她們住的小城市，有錢人、不是很有錢的人，還有貧窮的人都住在附近，大家都和睦相處。」

我曾經聽說，號稱「民族大熔爐」的美國，在一般中下階層仍然有很保守的族群觀念，因此種族問題其實非常嚴重。現在聽到巴西人這麼描述自己的國家，覺得這是很美好的生活方式。於是，我和她們開個玩笑：「如果將來有緣分讓你和黑人結婚，你願意嗎？」這兩個小妞很爽快的說：「沒關係吧？」然後其中一個說：「但願他不要太黑就好。」

我們互相介紹自己。姐姐是大學生，二十二歲；妹妹是專科生，二十歲。學歷之外，她們還得到英語證照，這對她們找工作很重要。她們不太喜歡巴黎，因為巴黎人比較冷漠，不太理會外國人。她們懷念荷蘭人的親切、友善，因為她們樂於和外國人交談。說到這裡，我這次從荷蘭來，就好像是一見如故的好朋友了。我告訴她們，我的故鄉在臺灣，那裡離法國和巴西都好遠，於是我們打開電腦，利用Google衛星地圖分別介紹了自己的家鄉，臺北的故宮和家鄉的行道樹；我也給她們兩個取了中文名字——史汀娜、林格斯。後來我還幫了她們一個小忙，只是把照片傳輸到她家而已，沒想到妹妹馬上抱住我，獻上香吻，直說：「我真的好高興認識你喲！」巴西女孩真的太熱情了。

聖心堂的彌撒

位在蒙馬特（Montmartre）高地的聖心大教堂（Sacré-Coeur），是我意外造訪的地方。今天是禮拜天，在同行夥伴的安排下，我們趕在十一點之前到達，為的是參加彌撒。

從山下走上來，穿過狹窄的巷弄，沿途仰望著圓形巨大的尖形屋頂，這是蒙馬特的頂端，也是聖心堂的標誌。這種圓頂建築結構，仿自羅馬拜占庭式的建築，少了哥德式教堂的霸氣，但又因為地理位置絕佳，襯托在藍天白雲下，仍不失其挺拔。我還喜歡那全身素淨的教堂外衣，給人一股和諧莊重的感覺。

教堂正門前的拱廊，人潮擁擠。擡頭望見拱門上方的雕像，繪的是耶穌受難被釘在十字架上。雕像清晰明白，不加彩飾，渾樸而沉靜。走入教堂，環繞一圈都是偏殿，遊人如織，走走停停，有人仔細端詳聖母雕像，有人冥想圖畫中的聖經故事。偏殿個個獨立，可以是小祭壇，可以祈福，也可以辦告解，想起自己多年不敢走進教堂，就是深感罪愆深重。而今卻以觀光客的心態來到這裡，不禁汗顏。

小時候是很討厭辦告解的。每個主日都被修女催促去辦告解，那時覺得很麻煩，一個星期根本沒做錯什麼事，即使有，也是芝麻綠豆大的小過失，幹嘛一定都要去跟神

從巷弄間看見聖心堂。

父說？等到年歲漸長，就知道人生的錯事何止一樁？這一樁低不下頭來認錯，下一樁錯事又發生了。這時才了解為什麼人生而帶有原罪，但是認錯依舊很困難。人生真的很艱難，生活中有太多事不可能好好化解，於是慢慢地變成不敢去辦告解了。

走了一圈偏殿，心頭湧起許多往事。想著，想著，內心愈來愈清明，莊嚴謐靜之感在心底緩緩升起。主殿的正上方有玫瑰花窗圍成一圈，採光頗佳，正好照映屋頂的「天父降臨圖」。天父高高在上，君臨天下，眷顧世間所有信賴他的子民。主殿的中央有祭臺，祭臺前方是耶穌受難的石雕像，有小天使守候著。祭臺旁是一排高高的燭臺對稱並立；祭臺後方是十座拱門，圍成半圓弧形；再後面是玫瑰花窗，極美。有許多人坐下來，望著主殿祭壇出神，他們不一定是基督徒，但是此時此地大家都是受到感召的羔羊。漸漸地，大門掩住一半，只准教友進來了。本地教友在維持秩序，把靠近主祭壇的內圈圍了起來。教友紛紛入列，坐定，彌撒的樂聲響起。

我看到一位穿綠衣的大主教主持彌撒。彌撒的流程一如往常，講完幾句話，就唱一段聖歌，再念一段經文，再唱一段聖歌。聖心堂的聖歌，是優美的天籟之音，早已名聞遐邇。修女們站在祭壇一側，齊聲獻唱，音調悠揚婉轉，歌聲高昂而嘹亮。她們唱聖歌時，另有一位指揮帶動教友齊聲歌唱，就像是音樂會高水準的演出。面對聖潔的祭壇，凝視著正前方耶穌受難的十字架，心中有說不出的感動。

一位教友上臺讀經之後，大家齊聲讚美主，這時聖歌再次大聲頌揚起來。接著，主教誦讀今日的福音，「我們歡心讚美主」之後，大家聆聽主教的講解。今天的福音內容是：「我們應當全心、全靈、全意的敬愛主，就像愛我們自己一樣。」主教說到要愛我們周遭的人，愛我們的鄰居。他講道的語氣堅定而又平和，有時比手勢，是在強調語氣，語調隨之高低抑揚；聽眾都聚精會神的聽著。講完一個段落時，大家一起畫十字聖號，一起唱聖歌。講完道後，大家起立，一起誦念經文。不論是不是教友，都已經感受到天主勸愛世人的福音。

聖心堂是知名的旅遊景點。彌撒進行中，還是有許多遊客在旁走動，維持秩序的教友很辛苦。與我同行的三位夥伴，都不是天主教徒，但是他們都說非常感動。我身為迷失的羔羊，臨走前不禁擡頭再望天父一眼，「求您垂憐」，心底的吶喊久久不能自已。

仰望聖心堂。

街頭乞丐有得瞧

我走在巴黎萬神殿的時候，不小心打了個噴嚏，沒想到一位「路人」竄出來，遞給我一張面紙。事出突然，我本能的婉拒了。再定神一看，是位老先生。他還是堅持把面紙給我，我終於接受了。

過了不久，我看他還在路旁，就向他問路。他回答完之後，馬上對我說：「先生，我很窮，我沒有家，沒有房子可以住，我沒有錢，沒有人照顧我，你能不能給我一點錢？」哇！糟了，我遇上了乞丐，我上當了。因為法國並不是喜歡講英語的國家，哪有老先生英語這麼好的？他根本是專門騙觀光客的嘛！

可是，看他一副可憐相——雖然那是裝出來的；而我剛才畢竟接受了他一張面紙——雖然那也可能是他的「釣餌」，我還是給了他錢。不給的話，好像太不通人情。

等到要離開巴黎的那一天，在市中心超大的歐洲巴士總站，我又迷路了。這回我找了一位站在路邊的年輕男士問路。他很熱心的帶我走，走著走著，忽然問我「有五塊錢嗎？能不能請我喝咖啡？」什麼？五歐元？折合臺幣約兩百二十元，拿這筆錢去喝咖啡，未免太貴了吧？我又遇到乞丐了。

不，他不是乞丐，他是居心叵測的野獸。當時我想用緩兵之計，堅持他先送我到車站，然後說「我還要換車票」、「我還要上洗手間」⋯⋯，不管我找出多少藉口，他總是如影隨形的跟在身旁。看著他高大的個頭，再看看自己背著很重的行李，自助旅行好幾天已經人困馬乏了，這時候想跑也跑不贏他，真有被挾持的感覺，倒楣極了。

「你怎麼會開口要錢？這裡是社會福利很好的國家呀！政府如果不救濟你，不就是因為你好手好腳可以去找工作嗎？和你一起喝咖啡？我和你又沒什麼好聊的⋯⋯」我心底不斷地嘀咕，很想快點打發他走，又想不出好辦法，只好乖乖奉上五元。有時我省吃儉用，一餐吃不到三元，這一次被刮走了五歐元，心蠻疼的。

有一天深夜，我在荷蘭海牙又碰到一個乞丐，這回我斷然拒絕了。這些乞丐都很有手段，會在四下無人時，忽然出現在你身旁，他老早就注意到你，伺機靠近你，對你開口。可是後來我發覺，他們基本上不會害人，有時也會幫你，只是令人討厭罷了。我拒絕他以後，他訕訕的陪著笑臉走開了。

臺灣人的茶館

我來巴黎前，已經知道好友禧琴的妹妹在這兒開餐館，取名「珍珠茶館」，是道地的臺灣口味，有珍珠奶茶好喝。這可是我的「鄉愁」，當然要前來解解饞。

主人安淇見到我，馬上奉上一杯胚芽小麥珍珠奶茶，真的很美味。安淇告訴我，這家店是全巴黎市唯一臺灣人開的餐館，珍珠食材是從臺灣來的。

我看了一下點餐單，除了臺灣常見的芋頭、杏仁、椰奶口味，也多了些芝麻、香蕉口味，雖不常見，卻仍然是本地易得的食材。其他有紅茶、綠茶、菊花茶、烏龍茶，也有泡沫、茉莉、金橘、檸檬、蜂蜜的搭配，甚至連山楂、洛神的口味都有。這些親切的名字，讓我想起了臺北街頭。

這裡是一家小鋪。樓下雅座有十來個位子，螺旋梯上去的閣樓也有十來個位子。面對大門的是「海上花」劇照，門口有燈飾、竹籠，桌上有甕，甕上有花，甕外貼著「春」字。布置得很雅致，是蠻有品味的庶民生活，這當然是主人的巧思。

這家小鋪雖小，賣的可不只冷熱飲而已。他們的主餐有鹽酥雞、紅燒獅子頭、鳳梨蝦球、沙茶牛肉鍋、總匯海鮮煲、紅燒牛肉麵，小菜有芋頭扣肉、雙菇豆腐、時菜，而今天的時菜是烤白菜，餐後還有甜點。每一樣都是口感十足的臺灣茶食美味。我一邊品嘗，一邊在想，下次有外國朋友到我家來，準備這些菜色就足夠了。

我在用餐的時候，還看到不同的客源：日本人是這裡的常客，因為餐館位在巴黎市第二區，是高級商業區，老佛爺百貨（Galeries Lafayette）及歌劇院（Opéra）就在附近。法國人來，臺灣人也來，大陸客也有。有人來享用飲料，有人用餐。大約晚上七點半就滿座了，熟客還不少。服務生也都來自臺灣，大家能用自己熟悉的語言交談，好像回到自己的國度。用筷子，享用米食，還可以「講臺語嘛也通」。他鄉遇故知，真是件美好的事。

調色盤咖啡館

我們來到巴黎，走訪一間在臺灣小有名氣的「調色盤咖啡館」（platte coffee）。說它小有名氣，是因為歌手范瑋琪曾經在這裡拍了一隻咖啡廣告片——左岸咖啡館。她在寧靜的午後，看著窗外的雨絲流瀉下來，品嘗一杯美味的咖啡。於是，好多臺灣人都以為巴黎有一間「左岸咖啡館」，成為家喻戶曉的美麗風景。

其實，塞納（Seine）河的南邊整個拉丁區都可以稱作左岸。這裡是著名的文教區，人文薈萃，店面豐富而多元，商品大都帶有濃厚的文化創意。走在這一帶曲折的巷弄間，多得是咖啡館，可以領受到萬種風情。你可以先踱步閒逛聖日耳曼德佩斯街（Saint-Germain-des-Prés），流連駐足其間，巷弄間的光影召喚著你，很少人不被它所吸引。從這裡逛到盧森堡（Luxembourg）公園，周遭有些皮飾、大衣、馬靴的精品店等著你。還可以欣賞路旁的骨董店、巧克力店、鮮花店、pizza和壽司的餐飲店，甚至於賣著起司、香腸、生臘肉的路邊攤，那名聞遐邇的法式甜點馬卡隆（Macaroon）也在向你招手，一枚枚的小圓形甜餅，搭配上玫瑰、薄荷、草莓、香草、杏仁、巧克力，個個光彩奪目，讓人好想小啜一口。走著，走著，小圓餅入口即化，甜得有點膩人，留在齒頰間的餘香，正在挑逗著味蕾。我們在不起眼的轉角處，看見了目的地，一間大隱於市——隱身在大廈住宅內的咖啡館。

這家咖啡館的店面不大，騎樓下搭出遮雨篷，篷下擺著幾張小桌、籐椅，略顯局促。走進屋裡面，吧臺前也只有三兩張桌子，還是不夠寬敞。聽說這裡是學畫畫的學生愛來的地方。「學生嘛！將就將就也就算了。」如果你這麼想，那可就錯了。屋子裡面別有洞天，還有一間大房間，裡面坐著幾桌正在聚餐的家庭，成年人大啖菜肴、談笑風聲，襁褓中的可愛娃娃偶爾也出現在這裡，這是間歷史悠久的老店，適合家庭聚會，不是只有年輕人才會光顧。

侍者態度親切，臉上充滿笑意。當侍者送上咖啡時，我們已經對香醇而不膩口的咖啡十分滿意。而今天的特餐是香煎鱸魚飯，淑苓點的。端上來的是去頭斷尾的魚身，用了些香料，很鮮美的好滋味。我問苓：「怎麼做的？」她說：「應該是烤過後再淋上橄欖油。」難怪有滑潤爽口的魚香。那碗白飯，雖然用得是泰國米，但是添加少量剁成細絲的青蔥攪拌混合，白飯就被妝點了一下，討人喜歡。

我點的是羊排加馬鈴薯球。即使是英文菜單，我還是看不懂菜單上寫的許多字，諸如什麼佐料之類的。只知道嘗了一口，味蕾就被鮮嫩多汁的烤羊排給挑起，愛不釋口的切下去，也不忘和苓一起分享。平常不愛吃羊排的女生也能接受，這就表示很好吃了。

那小薯球精巧可愛，剛烤出來時，個個飽滿圓鼓鼓的，一段時間後，皮開始皺了起來，還是很好吃。小薯球都有薯皮包覆著，是天然小顆粒的薯球，原汁原味，特別好吃。順手拿起桌上罐裝的鹽灑上去，這時才發現是岩鹽，居然有這麼精細的岩鹽！岩鹽很天然，口感不會太鹹，恰到好處；從前吃到的顆粒都比較粗，沒想到這間咖啡館這麼講求細節。或許這就是法式美食的風格吧？

看著房間的四周，滿布著油畫和磁磚畫。油畫有些黯淡了，畫的是鄉村田野的風景，還有家族人物的留影，這是位富有藝術氣息的老板開的店。油畫之外，還高高掛著許多不同形狀的調色盤，各種不同的油畫顏料攪和在調色盤上，看來像是未完成的油畫似的，它懸在那裡，彷彿在問你：「要不要也來畫一幅？」牆面上還掛著幾面大鏡子，記錄著斑駁的歲月，少說也有上百年，這也成為一種風景。

我們來這裡用餐，就好像來到一座博物館，很難不被周遭的圖畫所吸引。來到巴黎，尋訪一些知名的咖啡館，既可品嘗當地的美食，又能體驗當地人的生活方式，是一次很有趣的經驗。

火車臥鋪經驗

這次從義大利羅馬（Roma）坐一夜的火車到法國的尼斯（Nice Ville），是我第二次睡在火車臥鋪上。上一次是在中國大陸，從廣州坐到廣西的柳州。

九點一刻，大家魚貫而入，各就各位。剛進入車廂的時候，不太習慣，這是一間間獨立的廂房，每間三個床位，我被安排在最上層。獨立的廂房雖然隱蔽，但是四處碰壁的感覺不好受。尤其在最上層，只能拱身脫衣服，背都不能打直。

許多人還不想入睡，紛紛站在走廊上，瞻望遠方的夜景，把握最後一刻向羅馬告別的機會。而我實在太累了，還是乖乖的躺到床上去。

空間很小，侷促感讓人喘不過氣來。我側身轉向走道邊，稍微好一些。軟臥倒是很舒服。想起明天要九點四十五分才下車，應當不會睡過頭，就很安然的入睡了。

問題又來了。雖然想入睡，車聲很大，車子搖晃得也很厲害，不但上下搖、左右搖，還會前後搖呢！可以很明顯的感受到腳掌常常抵住車廂，那是車子在轉彎的時刻吧？我開始猜想現在車子的行進情況，告訴自己放鬆心情，最不愉快的事情都過去了。然後提醒自己只留下一種感覺就好，譬如說用心聽外面的聲音，那就不要理會身體劇烈的晃動，不要再去冥想其他的事情……就這樣，我進入了夢鄉。

之前一天我整夜不能成眠，於是臥鋪車廂成為我補眠的好地方。當我睜開眼，已經是清晨五點多。看看我們這間包廂，每個人都不開床頭的夜燈，車廂窗簾又非常密實，走道窗戶也有窗簾，因此一片漆黑，真的十分好眠。而我醒來的原因，竟然是因為火車停住了。

上回在廣州前往柳州的途中，火車也中途停駛，也是停了好久。隨著科技的進步，路程的時間縮短了，但是太早到達目的地反而沒有乘客上下車，一點也不符合經濟效益，乾脆就在半途打住了。火車停駛期間，空調還是要有的，於是間歇性的運轉空調，聲音還真大。

更要命的是，我的室友一定是被火車搖晃得太厲害而睡不著，這時候他開始好眠，於是鼾聲震耳欲聾。小小斗室，哪堪如雷貫耳的鼾聲，這下子換成我睡不著了。他打呼一小時後，火車才開始啟動，鼾聲也停歇了下來。這回我又能繼續睡了。

第一次坐火車臥鋪時很不習慣，那時車廂是六個人一間，中間共用一個走道，雖然較不侷促，但也因此較不隱蔽，燈光比較強，難以入眠。這次比較習慣了，其實還是有它不好睡的因素。想在此間求得圓滿，那是幾乎不可能的事情。只能說「境隨心轉」，只有自己想入眠，才有整夜安眠的可能。

尼斯海灘小憩

從尼斯車站走到海邊，約莫一刻鐘。這是面向東南方的海岸，海岸線很長，海岸線左右兩側被岬彎包圍著，形成凹字形的天然海灣。陽光毫無遮蔽的自天上灑下，遠處波光粼粼，帆船三兩點，景色美麗。

遊人坐在岸邊椅凳上，望向水天無際的海邊。有一對情侶享受著和煦的日光浴，黝黑又古銅色的肌膚，十分健美。玉體橫陳，酥胸裸露，斜臥躺椅，觀光客可不能拍照。更多的人坐著讀報，聊天，喝咖啡，或是望遠凝視。我信步走向水邊，第一次捧起地中海的海水，晶瑩而清澈，隨手揀起四顆小石頭，紅、白、青、綠攤平在掌上，立刻想起遠方的家鄉，想起在家鄉曾經有過親海的日子。

沿著海岸整治出一條筆直的人行大道，既寬且長，整齊高大的棕櫚樹迎向天際，還有許多燦爛耀眼的灌木叢，開滿了繽紛色彩的花蕊迎風招展。有人在花樹間慢跑，有人騎單車，也有人溜冰，更多的是優閒的漫步心情。在這冬日時節，漫走一段路，也可以微微出汗，尼斯的陽光很熱情。

岸邊少不了大型旅館，旁邊有公園，博物館，小酒吧，小餐廳，精品店，都是休閒的好去處。走到巷弄裡，四周綻放耶誕光芒，皮包、服飾、金錶、美酒閃閃發亮，衣飾都光鮮亮麗，名牌的標價令人咋舌。婦女迎面飄香而來，孩童帶著笑靨側身走過。冬天雖然人潮不多，這裡還是有很歡樂的感覺，一點也不寂寞。

銀粧世界

火車通過尼斯以後，繼續沿著法國南方海岸行駛。這裡陽光普照，路旁蒲葵樹矗立著，頗有點熱帶風情。停過了幾個小城，火車忽然飛快奔馳了起來。

子彈列車實在太快，我開始有點耳鳴，穿過山洞的時候耳朵還會脹痛。後來才發覺，窗外尼斯的晴天不見了，地勢愈來愈高，車廂內空氣愈來愈清涼，我們來到了阿爾卑斯山麓。山上的草木都披上了白衣，頭頂最白，那是霜嗎？邊坡上的綠草留著不少殘雪，若斷若續的，彷彿佩戴了白色蕾絲的緞帶。一整片一整片的白濛濛大氣。

火車連續穿越幾個山洞，出了洞口，有時是清澈澗谷，有時是向陽的晴天，有時又是迎風而來的一大片一大片白濛濛的霧氣，天色頓時暗了下來。就像猜謎似的，不知道下回出現的答案是什麼？霧氣瀰漫整個山谷，白濛濛的逆向倒退。忽然間看到湖泊，靠近湖邊的小樹枝，堆滿了一堆堆的殘雪。早已枯黃的芒草，結成一束束的冰棍，再冷也不投降似的。看到一排龍柏圍住一戶住家，那整圈的圍籬只有頭頂是白的，樹身還是綠色的，好像一棵棵的聖誕樹上插滿了嶄新的燈炮。這時候針葉雪松也很美，白色銀粧鋪在傘蓋上，亭亭玉立，就像常見的耶誕卡片風景畫。其他光禿禿的枝椏也是白色的，在茫茫大霧中若隱若現，偶而有些民房散落在草原中，也使盡心力在蒼茫大地中粧點幾分姿色。這簡直是童話世界才看得見的景象。

現在是下午三點多，太陽還沒下山呢！火車向北急駛，越往北越冷。銀色世界的景象持續了兩三個小時。有時走了一大段向陽路，向陽面的霜雪全都融掉了，被山擋住太陽的那一面卻仍然是很美的銀色世界。以為從此就是青草青青的向陽路了，忽然間太陽又被雲霧淹沒不見。甚至白霧滿到高壓電塔都看不清，後來連民房也看不清了。整棵樹都是霜，都是雪，變成一棵棵玉樹，然後又是滿坑滿谷的玉樹。再一次走入了銀粧世界。

火車向正北方行進，太陽在左後方一直倒退。右側是山，絕高的山；左側是草原，空曠的平野。今天，尼斯的白天氣溫有十五度，而巴黎的夜間氣溫是零下二度。阿爾卑斯山今晚又會下霜降雪了吧？

火車上的爭辯

這次帶家人到法國遊玩，順道造訪比利時，打算去布魯塞爾看看尿尿小童。沒想到在火車上發生了一件插曲。

剛上車不久，查票員就一一查票。我已經買好了車票，好整以暇地把全家人的車票拿給他看。只是例行公事而已，沒想到他瞅了一眼，拿著車票對我說：「車票讓我帶走一下，可以嗎？」

坐過歐陸火車的人都知道，查票員有時會「代為保管」車票，譬如夜車臥鋪的車票，會到第二天的清晨再還給你，這樣，他們就知道哪個床位有旅客睡在裡面，不會打擾人家的好眠。我心底想，他是穿著整齊的站務人員，不可能騙我，於是說了句：「當然！」

過了十來分鐘，這位查票員身旁多了個人，朝我的座位走來。他帶來的是位更資深年長的同事，隔著走道邊坐下來對我說：「先生，您的票有問題。」接著他表示：「票面紀錄是四張青年票、一張孩童票；而你們是兩個大人、兩個青年、一個小孩。你必須馬上補差額。」

我還在半信半疑，他已經很篤定的拿出計算機，計算金額。我後來才弄懂他的意思：成人不能買青年票，這兩張票有價差。他的態度很堅決，一邊說，一邊算價錢，還把計算機上的數字秀給我看。

我的眼珠子差點掉出來！八十八歐元，這麼多錢！我買好的五張車票共花費一百九十歐元，他幾乎要我再加一半的錢，簡直是罰款！當他們認定你有嫌疑故意逃票時，那些罰款金額都比原來的票價貴很多。

我馬上告訴他們：「不！不！不！我是按正常程序買票！昨天傍晚我在巴黎迪士尼樂園的車站買票，我已經告訴售票窗檯的小姐，有兩個大人、兩個青年、一個小孩。」這兩位查票員聽到我的陳述，仍然是一臉不可置信的表情。年長的那位沒等我說完，就一直拿著筆桿指著計算機說：「是！是！是！你必須補錢！這是補票的金額。」

我立即想起，昨天買到車票時，曾經查對搭車日期、班次、時間、起訖地點、價錢等。車票上面寫的是法文，除了地點、數目字外，其他的文字看不太懂。不過，我當時注意到四張車票的單價相同，而且馬上請教售票小姐，她告訴我說：「青年票和成人票是同樣的價錢，所以開給你同樣的票。」

昨天買票時，我已經先寫好全家人的出生年月日，據此詢問售票小姐可以不可以買兩張青年票？歐洲各個國家的規定不同，同樣的路程、不同的車次，價錢也不同，我當時請她寫下最便宜的車班價錢，才決定買這班車票的。幸運的是，這張紙還在，我趕緊叫兒子從背包裡取出來，指著售票小姐一清二楚的寫下最便宜的車票價錢，請他們看清楚上面的字跡。這張紙上有兩種不同的字跡，證明我當時是很誠實的寫明白乘客年齡，購買合宜的車票。

年輕的查票員這時候跟年長的售票員咬耳朵，「咬」了兩下之後他們讓步了。兩人站起身來，很有禮貌的問我說：「這幾張車票您需要保留嗎？」我猜想他們要拿去寫報告用的，反正歐洲的火車站出口都不再驗票，下車出站時不必再收回車票，也就隨他們的意了。

下車後，兒子跟我說：「爸爸，你剛才跟人家吵架，好激烈呵。」女兒也對我說：「他們一直說『是』、『是』、『是』，一直猛點頭。你一直說『不是』、『不是』、『不是』，一直猛搖頭。你們好像在演雙簧，旁邊的旅客都笑了。」

天哪！我哪有跟人家吵架，我只是急著講話，越講越快，我真的不是會在公共場所吵架的人。那時候比較緊張，哪裡看得見旁邊旅客的反應呢？有一點我倒是心知肚明，那就是講話很急很快的時候，自己的英文果然進步了。

大約花了八千元臺幣，我們全家人多玩了一個國家——比利時，帶著驚魂甫定的心情。

輯三 歐洲・義大利 葡萄牙 西班牙 德國 挪威

維羅納／波多／塞維亞／海德堡／奧斯陸

南歐人民熱情，北歐生活儉樸，這是流傳已久的說法。然而，各國有不同的風情，也帶來不同的思考。這裡雖然只寫了六篇文章，但都是初識這些國家時，感到驚訝且特出的地方。期許自己以後能再多寫幾篇吧！

殊死鬥的競技場

義大利現存三座競技場，羅馬的最大，也最知名，它始建於西元七十二年，完工於西元八十年。羅馬東南郊拿坡里（Napoli）的也頗出名。正北方維羅納（Verona）建得較早，西元三十年已經完工，卻破壞較少，保存得最完整，讀起來最有歷史感。為什麼大石塊堆疊出來的競技場會遭到破壞呢？原來這種地方曾經是非常殘忍的人與野獸作殊死鬥的地方，宗教人士認為毋須保存，於是在蓋教堂的時候，都到此地搬運石材，再加上羅馬遭逢過大地震，競技場幾乎都殘破不堪，人工修修補補後也僅存三座。

競技場的建築形狀都是橢圓形，就像今天各地都有的大型露天體育場，令人佩服的是出入口的設計，可以讓動輒上萬名的觀眾在瞬間逃出。直到今天，大型體育場還是仿造競技場的出入口設計。

來到這裡，自然會想起以前多麼殘忍的畫面。就在那麼小的中心操場上，觀眾目光聚集在一起，看著驚心動魄的一幕——人的撕裂與被撕裂。相傳最早的時候，是獸與獸的廝殺，後來「演退」成人與獸的廝殺。人是身不由己在被強迫下才會冒死去做這種事的，這不是人性的退步嗎？先有俘虜被拉上競技場，他們必須獲勝，才能換來自由；

曾上演一場又一場生死鬥的競技場。

後來有死刑犯被拉上競技場，他們也必須獲勝，才能換來重生。為自由而戰，為生命而戰，都是抓住人性急切渴望的需求，利用了人性的不得已。後來又有勇猛的士兵「志願」或者是在「被勸說」的情況下走上競技場，他們必須獲勝，為了換得榮譽或是極大的美色與權力。這又是抓住人性另一種急切的渴望，那種貪婪的需求。

競技之前幾天，早已讓野獸餓了好久，讓牠們以餓虎撲羊的方式對待手無寸鐵的絕望者。有必要用最殘忍的撕裂來「享受」看戲的快感？甚至於是在眾目睽睽下，驚呼、尖叫、屏息，目睹遍體鱗傷而後死亡的過程？儘管羅馬帝國曾經藉此提升人民的戰鬥力，凝聚全國人民的力量，造成勇敢善戰的帝國軍力。但是這麼不人道的方式，自然會遭到歷史的淘汰。

今天保留下來的競技場，供人憑弔之外，也是當地人的大型活動場所。每年葡萄收成的慶祝活動，還有許多歌劇表演，都在這裡舉行。然而，今天全世界來到維羅納的人潮，為的不是這座競技場，而是另一處有名的景點：羅密歐與茱麗葉的故鄉。殊不知古代真有座競技場，莎士比亞卻從來沒有來過義大利，羅密歐與茱麗葉也不是義大利人，故事純屬虛構。人們捨真實而趨之若鶩於虛幻之事，只能說愛情的力量太偉大了。

跳水最樂

夏日炎炎，對於住在港灣的小男孩來說，最好玩的遊戲莫過於跳水了。小男孩一躍而下，那優美的弧線，飛躍的身影，迸發出俯衝而下的快感。

這裡是葡萄牙的波多（Porto）市，位於葡萄牙北部美麗的杜羅河（Douro River）右邊，距離海岸僅六公里。這是個港口，也是一個古都。河岸旁的房屋依山建築，狹窄的石階路、石頭建成的橘色瓦屋、人聲鼎沸的舊市集，依然訴說著古老城市的風采。據說葡萄牙（Portugal）的國名就是由這個古都的名稱演變而來的。

杜羅河從東往西，注入大西洋，海風沿著河岸吹入河谷，帶來溫暖潮溼的空氣，蘊育出廣大美好的葡萄園。因此，波多出產又香純又帶些甜味的「波酒」，是葡萄牙保護品牌的葡萄酒，世界聞名。男孩們站在滿載著葡萄酒桶的船隻上跳水，這就是他們的生活。

杜羅河既深且廣，那跨越河岸的大鐵橋，透明、優美、宏偉壯觀，像極了法國巴黎艾菲爾鐵塔的下半身，因為它們都是同一人——亞歷山大・居斯塔夫・艾菲爾（Alexandre Gustave Eiffel）的傑作。一九九六年聯合國宣布波多市舊城區與周圍具歷史價值的產酒區為世界文化遺產，這是一個有豐富內涵的港灣城市。

驚豔佛朗明哥

臺上的舞者雙手擊掌，每一拍都發出很大的響聲，漸漸地快了起來。掌越擊越快，聲音越來越急，腳踩地的聲響也跟著急促起來。舞者每踏下一步，地板立刻隆隆咚咚，接著轉身過去，又是隆隆咚咚的踩踏聲。擊掌聲啪啦啪啦，一直與踩踏聲交互作響，始終沒有停歇。看不出她很用力的樣子，聲音就是那麼鏗鏗然。

女舞者身材壯碩，有一百八十分高，魁梧偉立。她站在舞臺中間，忽然向左前方跳躍，然後轉身，大步一躍，又跳回右後方。她邊走邊跳，雙手擊出節拍，腳步踩出節奏感，看不出那麼龐大的身軀，竟然輕巧回轉，毫不費力似的，長長的下襬裙順勢拉起，一片火紅，遮滿整座舞臺。舞者身影來回穿梭，張臂，扭腰，甩裙，踩踏，如鷹揚般飛起，動作俐落，鏗鏘有力！

剛開始的時候，一位男生彈奏樂器，另一位男生引吭高歌。歌聲由低沉而高昂，越唱越高，拉出許多長音，手勢也一直向外延伸出去。因為低沉而帶有磁性，因為悠長而又帶來嘹亮的感覺。歌曲唱出焦急的旅人趕著毛驢，奔馳在鄉間田野，迫不及待奔向家鄉的心情。他把哀怨動人的旋律，越唱越高，長音越拉越長，稍一停頓，以為長音戛然

佛朗明歌舞的表演片段，紅裙飛揚。

而止了吧？沒想到又再拔個尖兒，奔馳出去，聲情激越，迴盪不已。

舞者在樂曲的催促下，不停地舞動著迷人的身姿與幻影。舞者的肢體動作熾烈而奔放，她正訴說著天涯旅行者內心哀怨的故事，領略著歡唱與悲傷，她的感情內斂，舞出有節制的步伐。

臺上共有三個人，擠在一個酒吧間的小劇場演出。一名女舞者，一名男歌手，還有一名男性吉他手。舞臺很小，只有兩坪大吧？舞者只須兩三個步伐就可以占滿整個舞臺，臺下則擠滿了兩三百人。大夥兒擠在狹小的空間，延伸座位到庭院，桌上一杯杯啤酒、可樂，吱吱喳喳，人聲鼎沸。舞者是很專業的，她希望觀眾能靜下心來欣賞，而不是在嘈雜的環境裡演出。於是，她的目光橫掃全場，露出不悅的眼神，終究還是按耐了下來。等到演出時，她的神情平和而且專注，目光直視前方，歌聲悠揚，舞步也震撼、大方，浪漫熱情。賣力的演出，贏得滿堂的喝采聲。

「佛朗明哥（Flamenco）」不只是舞蹈，更是一種綜合性的藝術表演。它先由吉他聲、擊掌聲引起，再加上木竹快板、動人的歌聲和熱情明亮的舞蹈。原汁原味的傳統民俗，多得是古典風華的再現，好個西班牙風情！

這裡是西班牙第三大城塞維亞（Sevilla），西班牙南部安達露西亞（Andalucia）地區的首府，也正是「佛朗明哥」的發源地。來到這裡，幾乎天天可以看到西班牙鬥牛、吉普賽民歌、佛朗明哥舞蹈。「佛朗明哥」演出的劇場不只一處，很多小酒吧可以看見免費的表演，同等精彩可期。西班牙有句諺語說：「沒見過塞維亞的人就是還沒有開過眼界。」絕對不虛此言。

今天下午，我行經歐洲的西南角，從葡萄牙坐車來到西班牙南部，來到了這座西班牙第三大城。他們稱這座城市是太陽之城，明亮而充滿希望。而我來的途中，的確見到耀眼的陽光，金色的丘陵，路樹花影相迎。傍晚時分，穿過許多狹窄的街道，走過羅馬時代的遺跡，遇見巍峨金色的教堂在夕陽斜暉中矗立在蔚藍色的蒼穹裡。到了夜晚，我找到這間不知名的小酒吧，人群鑽動，樂聲舞影，縱情歡樂，個個情緒高昂，血脈沸騰。他們都說，這座城市婀娜多姿，也是西班牙最有女人味的城市。曲終人散之後，門外依舊是迷離的古道，向晚的街景，真有點恍如隔世的感覺。我是否會迷路呢？還是會醉倒在異鄉的笙歌裡呢？

處罰學生的地方

德國的海德堡大學（Universität Heidelberg）興建於一三八六年，是僅次於布拉格、維也納之後，全歐洲第三古老的大學。很早以前，因為學校的興起，帶動了城區的發展，而今學校延伸到郊區，也帶動了郊區的繁榮。這所大學歷史悠久，象徵傳統的延續，知識的富足，也帶來年輕的心靈，是當地老百姓的驕傲。

然而，問起當地人，海德堡大學的傳統精神在哪裡看得見呢？十個有九個會對你說：「學生監獄（Studenten Karzer）！」哇，監獄！好酷的地標。

這所監獄坐落在老城區，就在市中心的巷弄裡，走路就到，你絕對不能錯過。監獄從前是關犯人的地方，那是十七世紀到十九世紀（1712-1914）的事了，現在已經改成博物館，展示當年處罰學生的景象。

那時候，如果有學生酗酒，酒後鬧事，影響夜間安寧，比如說破壞路燈、街頭吵架、趕小豬造成尖叫、遲遲不歸宿舍、行為不檢等，一律罰他來此報到，關入禁閉室。小錯最多罰兩週，但若勞動到警察大人逮捕的話，就要失去自由四個禮拜了。

監獄內沒有廚房和盥洗室，生活條件不好。當年還規定，關禁閉的最初兩天只能喝水、啃乾麵包。之後，可以外送食物進來，可以和同一間牢房的室友交談，會見外來訪客，甚至還可以聽一些演講說教，晚上再回來入監服刑。

現在這裡只剩下大床和書桌，床墊都沒了。當年堅固的鐵製床架，中間也已經蹋陷。門楣木板上有些以前被關過的學生的照片，面龐鑾清秀的；除此之外，最好看的風景就是滿屋子的壁畫了。

關禁閉期間，無聊度日的學生會把自己的名字刻在木板上，也會在牆上塗鴉。他們用水彩和蠟燭薰煙，把牆壁和天花板塗得烏漆墨黑的。被關的學生並不喜歡「畫烏鴉」，他們喜歡「塗自己」。有一張自畫像，畫他長了一對天使翅膀，那是多麼嚮往自由的心聲！這幅畫現在高掛在正門口，當作招牌。有自畫像，也就有死黨的畫像，還有些社團組織的圖騰標誌。自然也有人留下「銘文」，戲稱這裡是「貴賓館」、「無憂宮」，好像他們在炫耀不虛此行。

關在監獄的日子，可以亂塗鴉，感覺還真是快樂呀！據說，後來海德堡大學的學生認為，受到這樣的處罰無傷大雅，沒有被關過禁閉，好像缺少了一段大學生活經歷似的，於是畢業前總要犯個小錯，增添「來此一遊」的人生經歷。這不是很弔詭嗎？原本罰人的目的，變成炫耀的憑藉；原本恥辱的烙印，變成傳統的標誌。

學生畫的天使自畫像，寓意想飛出牢籠的心情。

一九一四年第一次世界大戰開始以後，學生犯錯量大減，學生監獄關閉了。原本重紀律的場所，也變成海德堡的觀光勝地。

現在的學生不再犯錯了吧？我走在街頭，看到他們個個笑臉迎人，依舊灌注年輕的心靈，讓這座城市充滿朝氣與活力，繼續揮灑青春的生命。有大學的城市，真是美好！

辛苦的爸爸

有人說：「悲歡人生盡在奧斯陸（Oslo）。」這是因為奧斯陸是挪威的首都，位在寒冷不毛之地的北歐，當年基督教未傳入之前，這裡曾經是海盜麇集的地方，人民生活頗為清苦。而今天，奧斯陸是全國第一大都市，有非常高的生活品質，人民生活富足安樂。

在奧斯陸市郊，有一座頗負盛名的維格蘭公園（Vigeland park）。寬廣的公園，綠草如茵，有水池，有噴泉，還有許許多多的鴿子在覓食，風景美不勝收。公園裡展示著兩百一十二件雕刻品，以及約六百件以「人生百態」為主題的雕像，都出自挪威的名雕刻家維格蘭（Gustav Vigeland, 1869-1943）之手。大多數的雕像，男生強壯、女生豐滿，很寫實的裸體呈現，用最自然的筆觸表達「生不帶來、死不帶去」的理念，引發人人有不同的感受。

當我走到這一座雕像面前時，不禁為之一笑，而後又低回沉思了許久。這座雕像可以命名為「辛苦的爸爸」，可不是嗎？雕像呈現的是一位父親為了照顧家中的小孩，單手舉起一個，另一隻手再挑起兩個，這還不夠，又擡起右腳來，再舉起一個小孩。他的

維格蘭地標「一柱擎天」，象徵世人都努力向上攀爬。

目光朝下，眼神專注，肌肉線條緊繃，就算是在逗弄小孩，也會擔心一不留神，沒照顧到其中任何一個。他一個人要養育四個小孩，堅毅鎮定的表情，隱喻背後生活極其辛勞，很讓人同情。

還有一座是婦女、孩子們的手腳相連，結合成運轉不停的輪子，佇立在半空中，象徵著永不停歇的努力過生活。媽媽為了照顧孩子，一輩子就像車輪子轉個不停，轉著，轉著……，寓意這個世界生生不息，人人都必須力爭上游。維格蘭表達出這樣的主題，真是太有想像力了！

「辛苦的爸爸」雕像。

只要人生有什麼，雕刻家就表達什麼。夫妻靜靜的相擁，孩子把父母當馬騎，女孩狂奔時揚起了秀髮……，眾多的雕塑，講述著不同的生命故事。

小精靈的國度

最適合前往北歐的季節，應該是春天吧！春天來到挪威，可以看到小花小草剛剛冒出新芽，從泥土裡探出頭來，低低的，矮矮的，一片一片綠油油的，討人喜，惹人愛。

來到奧斯陸這個古老城市，穿梭在大街小巷間，人潮摩肩擦踵，物品琳琅滿目，尋訪各式各樣的紀念品，別有一番樂趣。然而，就在你得意而忘了價錢，隨手掏出大張鈔票正要滿足購買欲的時候，常常會看到紀念品店的角落，有個奇醜無比的小妖怪在看著你、瞪著你，那就是出了名的神話人物「TROLL」——山妖。牠長得真醜陋，似人非人，像鬼又不是鬼；個頭矮小，又有幾分壯碩，以幼童般的高度，忽然驚鴻一瞥的遇見牠，還挺駭人的。

山妖住在森林裡，手指和腳趾都只有八隻，有的鼻子長，有的耳朵大，有的還長尾巴，個個窮凶極惡，蓬頭散髮，全身毛茸茸的，造形大不相同。唯一相同的就是每個都很醜！但是又「以醜為美」，在貌似凶惡的外表下，卻個個心地善良，沒有心機。

在故事裡，這些孔武有力的山妖天真又淘氣。牠們喜歡惡作劇，捉弄小孩，然而不會真正的害人。如果誰得罪了山妖，譬如愚弄了牠，勢必受到報復或戲弄；相反地，

挪威街頭，藝品店前可看到各式小精靈布偶。

如果你幫助了牠，會有很好的報償。因為牠們樂於助人，成為孩子心目中的好朋友，因此後來有些人不再叫牠們「山妖」，改口稱牠們為「小精靈」。傳說牠們只能晝伏夜出，有時貪玩而忘了在天亮前回到山洞或森林裡，就會被陽光化為烏有或變成山石，所以挪威各地有很多山妖形狀的石頭。

現在的挪威森林裡，還看得見山妖，那是雕刻在樹幹上的不同造形的山妖。我曾經走過瑞典首都斯德哥爾摩（Stockholm）的紀念品櫥窗，那兒也有很多的山妖布偶。早些年聽過住在英國的朋友說起，小孩換牙的時候，小精靈會飛來你家，取走乳牙，留下一枚金幣。於是許多小朋友會把掉下來的乳牙乖乖地藏在枕頭底下，期待明天早上起床後能發現一枚金幣。

由此看來，小精靈的故事已經從北歐的森林國度，飛到了西歐。在嚴寒的冬天裡，許多媽媽輕聲地講述古老的床邊故事：「從前從前，在遙遠的森林裡住著可愛的……」

輯四　亞洲・中國大陸

廣州／桂林／昆明／大理／麗江／重慶／酆都／武漢／上海／北京／洛陽／開封／鄭州

中國大陸是我密集出訪的地方，遊蹤遍及各省。我尤其喜歡廣西、雲南的好山好水，北京、洛陽、重慶至今猶存的古蹟文物，以及北方百姓的質樸，和南方民眾開放自由的思維方式。故國神遊，多情應笑我。

那位廣東女子

她外表瘦削，一身精肉，有稜有角的臉龐，又穿著公安制服，手上拿著一把舊式長型大哥大，乍看之下好像一把玩具槍，很容易讓人想起香港電影裡那種精明幹練的女警。

她也是個大嗓門，聲音高八度，講話超快的，然而，動作更快！前面那個遊客剛拿起相機咔嚓下去，閃光燈一閃，她已經箭步飛身向前，手指著想溜走的「逃犯」，邊說邊罵似的：「喂！不可以拍的！這是刺繡作品，拍了會傷顏色！」

她指著玻璃框下的刺繡，噼哩啪啦說了一大堆，不讓對方有插嘴的機會，真讓人畏懼三分。那個身長八尺的遊客，摸摸鼻子，退到一旁去了。

可是，我站在後面，也拿著相機呀！還好，她的目光沒有移向我，她還是盯著那位犯錯的男士，杏眼睜得大大的，眉毛翹得老高，很討厭那個人「重施故技」似的。

我猶豫了好一會兒，小心翼翼地走到她身旁，向她請示：能不能讓我也照一張相呢？「我不會照到刺繡，我會很小心的。我只想照下牆壁上的解說文字……」，話沒說完，她點了幾下手上的大哥大，表示同意。

牆壁上那片文字，附有手繪圖示，說明清代各級官服的式樣。從鑲在胸前的「補子」，可以看出官秩分九品，文官用「鳥」作圖騰，武官用「獸」作圖騰，「補子」共有十八種類型。品級分明，官服也分明。

我拿起相機，「咔嚓」一聲，很自然的轉頭看她。這才發覺她重複著剛才的動作，銳利的目光盯視著每個角落，手上拿著那把「玩具槍」，在嘈雜的聲音中執行監督遊客的任務。

她是藝術品的看守者，在廣州市「陳家祠」一位盡忠職守的工作人員。我再一次鼓起勇氣，往回走到她身旁，誠懇地向她道謝！當「謝謝」二字飄送出去時，她回眸一笑，竟是那麼燦然。眉清目秀的，稜角下泛起一陣漣漪，難得一見的親切笑容蕩漾在她的臉龐。

盲魚

柳州市郊的「白蓮洞」，有著出土「柳州人」的遺址。他們大約生活在七千年前到三萬年前左右，是中國大陸南方最古老的民族，幾乎與新石器時代的「山頂洞人」同等重要。一南一北，說明了神州大地民族來源的多元化。

我們來到這個鐘乳石溶洞參觀，溶洞的生成又早已是一百萬年前的事了。這裡罕無人跡，一行人幾乎是摸黑前進的。溶洞從低處蜿蜒向上，一千八百多米路，常須穿梭在石縫小徑間，共有三層。管理站的解說員告訴我們：上面還有兩層，尚未開發。

一路上她為我們介紹了地形地貌，包括頂壁那麼平整，就像人工水泥糊成似的，那是因為很久很久以前河水流灌所形成。溶洞之內別有洞天，小小的溪流邊可能是遠古的柳州人「插魚」的地方，而大大的廳堂可能是柳州人用來「開會」的地方。她又帶我們來到一片自高處垂下來的石脈面前，手電筒光從背面照射過來，光線竟然可以直接穿透厚厚的岩壁，原來這裡有很特殊的晶瑩剔透的石灰材質。

越走越高，一旁是高聳的峭壁，一旁是縱谷深淵，從高處往下望，深不見底，令人不寒而慄。這時解說員用手電筒照向深谷，讓我們居高臨下看看白蓮洞的珍貴寶物——

「盲魚」。她照到幾條黑色瘦小的盲魚，告訴我們這是遠古時期遺留下來的魚種，只因為長年生活在不見天日的幽谷裡，視力功能退化了，成為一種特殊的魚群。

盲魚游動的速度緩慢，在山谷內的淺水溪裡，它似乎沒有天敵。每年柳江水漲，山谷裡的溪水水位也會升高，為它灌注一些生命的泉源。它憑藉著這股力量，支撐繁衍生命到今。

盲魚雖然眼盲了，它是否知道它的存活是件很了不起的奇跡？它存活在這裡，見證了廣闊的天宇之下，除了化石，除了出土的骨骸，還有一些遠古的生命流存至今。當我看見他們時，內心澎湃洶湧，為他們繁衍在這裡已經數萬年或數十萬年，而悸動不已。

蘆笛岩

「桂林山水甲天下」，美的是到處有山，有水，每座山都是奇石，每座山都有溶洞，洞中有景，別有洞天，而桂林市郊最美的溶洞，就非蘆笛岩莫屬了。

走進蘆笛岩，天然不假雕飾的鐘乳石溶洞，立刻映入眼簾。入門處有一座石獅，牠正在迎接到訪的賓客。擡頭一望，一片石壁垂瀑而下，頭頂上的皺褶，構成富麗堂皇的帳篷裝飾。沿著曲徑往內走，你還會看到「花果山」，這裡有許多造型奇特的蔬果，白菜、蘿蔔、蓮藕、豆莢、大南瓜……，住在這裡的神仙真好，難怪半山腰上下棋的仙翁在頷首微笑呢！

來到洞內最寬廣的廳堂，這裡是名聞遐邇的西遊記劇場。廳堂正中心上方有座像海葵的「宮燈」，映照著水中幻影——海龍王「水晶宮」。那石筍增生而成的孫悟空「金箍棒」，打得海龜、蝦兵蟹將紛紛逃散，鯉魚一頭栽進泥淖裡，成了身軀外露胖嘟嘟的「倒吊鯉魚」。通過解說員的講解，從特定的角度看去，正在上演一場孫悟空大鬧水晶宮的鬧劇呢！

眾人在這裡駐足欣賞，順道發揮自己的想像力，觸目所見的鐘乳石，你說它像什麼就是什麼。石脈上的涓涓細流，水影內的海市蜃樓，湖泊、丘陵、川流、絕壁，應有盡有。在各色燈光照耀下，盡是炫麗奪目的景致，琳琅滿目，美不勝收。

跟隨解說員的引導，我們繼續欣賞岩洞內的石筍、石花，並且來到了另一座「劉三姐對歌」的劇場。美麗的解說員，為我們獻唱了一首劉三姐的情歌，這是廣西一帶人人熟稔的民歌。歌聲真甜美，尤其在這千姿百態的大自然藝術宮殿裡，想像著回味著當年發生在溶洞內男女對唱的風流韻事，真美妙呀！

快要走出洞口時，又見一頭「祥獅」在恭送賓客了。我和同伴張蜀蕙老師又折了回去。我們回頭尋尋覓覓，再看一次剛才解說的地方，再找一次門票上美麗的景點，就怕有什麼好東西被我們錯過了。於是走著、走著，又開始探險，又開始回味，又浮起美好的欣賞心情……。

山水間的苦行僧

在柳州開會的時候，認識了來自日本島根大學的戶崎哲彥先生。他對唐宋文學很下工夫。這次他根據民國初年流傳到日本的史料，考證唐代韓愈為柳宗元所寫的〈柳州羅池廟碑〉何時失傳的問題？然後他再根據現存的殘碑拓印本，配合電腦合成技術，重新複製出韓愈所寫的碑文原貌。再把他從日本複製過來的碑文，以及複製過程中的原始毛片，捐獻給「柳宗元研究學會」。或許，將來柳州市政府會再依據戶崎先生的努力成果，重新建構出一個接近原味的石碑供世人欣賞吧！

大會閉幕時，會長孫昌武先生特別提出來要感謝戶崎先生，他說：「你們知道嗎？戶崎在日本過得是省吃儉用的日子。他每天開車去學校，為了省下一次的高速公路通行費，他走平面的一般道路，每天去一趟學校要多花四十分鐘。他為了作研究，留在學校到深夜，常常吃個簡單的麪包。就憑這點做學問的態度，就很值得我們學習了。」

其實孫先生是戶崎的導師，對他所知甚多。他說出戶崎的可愛，不僅僅因為他的努力，更重要的是他的生活態度。而這些，前一天晚上我已經知道了。

那天晚上，我去串了戶崎先生門子。因為他寫了一篇精采的學術論文，很有深度，在這個會場上卻很難覓得知音，參與討論。而我近年來作了一些韓愈文集考證的工作，大概能給他一些初步的意見。見到面時，他很客氣，一邊談話，一邊品煙。談話中他為我展示了複製品，送我一些近期研究成果，我也詢問他整個複製的過程。他斷斷續續地說道，這件複製品大約花了不少錢，期間的搜集、比對、考證資料，也很費心思。

彈頭學者的頭頂，微髭，是位很能思考的人。我看著他用手夾起一根煙，卻還不住地用手腕磨蹭自己的腦勺，思索著一些我提出來的問題。他稱許我提出來的補正，直說我可以當他的輔導老師。我可以很明顯地感受到做學問的辛苦與寂寞，而他竟是這般地坦然接受。

話題很自然地轉到臺灣，我問他有沒有來過臺灣？不料，他又陷入沉思了。他舉起煙，眼神停滯了一會兒，時光彷彿回到邈遠的從前。空氣忽然停止了。這一幕讓我動容。只見他噴出一口氣，悠悠地說道：「三十年前，我到過臺北，西門町？教過日文一個月。」他笑了。隨手點下煙屑。我試著讓他瞭解那兒的劇變：沒有了中華商場，沒有了鐵路平交道，多了捷運站……。這一刻，我也陷入了沉思，原來我們之間可能有過同一個時間點看過同一個方向。

會議結束後幾天，我和孫先生同遊桂林，不時會聊起戶崎先生。那是因為我們每走到一個地方，都會想到戶崎的足跡早已來過。他為了研究桂林地區的石刻，走遍了山水岩洞，聽說還從日本帶來鋁梯，攀爬到岩洞上方，近距離察看那些字跡。他在這地區不辭辛勞的奔波作研究，頒給他「市民獎」都綽綽有餘了。

我很想請問戶崎先生：西門町是你偶然的邂逅，島根是你的家，那麼桂林呢？不消說你一定還會再來的。她是你終身嚮往的地方。你就像個苦行僧，帶著簡單的皮囊，走遍千山萬水，繼續你那孤獨而又常常陷入沉思的旅程。

美麗的翠湖

「翠湖」位在昆明市中心，是當地民眾最佳的休憩場所。

初見翠湖，在豔陽高照的午後。車子繞經翠湖一周，但見周圍環繞著柳樹，枝葉茂密，湖水掩映其間，而陽光高照在枝頭上，好似新娘頭上披戴了一層金紗。綠樹、金紗，再以藍天白雲襯底，好不美麗！

傍晚時分，和新相識的朋友漫遊翠湖，這才真正一睹翠湖的真貌。原來，湖內衢道四通八達，散步、遊賞、或是穿越湖心到另一端的路人絡繹不絕。而湖心呢？團團荷葉漂浮在水面，三兩隻天鵝型小艇優游其間，別有一番風味。當陽光平射到岸邊的亭臺樓柱，水光倒影歷歷可數。來到湖區的人潮越來越多，有些青年學子「畫地為王」，占據成一個「英語角」，在這裡嘰嘰呱呱地用英語交談；湖邊座椅也已經坐滿，涼風習習，吹得對對情侶相互依偎，好不愜意！

我們投宿的地方就在翠湖旁的海鷗賓館。來過這兒的朋友說，每年十一、二月間，鷗鳥翔集於此，遊人爭相餵食。當麵包屑灑向天際時，不待落地，鷗鳥已群飛沖天，伸嘴叼食。那刹那間倏起倏落的景象，蔚為壯觀。

很久以前，這裡曾是滇池的港灣，明朝末年繁華的水運中心。而今，它坐落於此，滇池卻在城西，早已分隔兩地。清初鼎鼎大名的經學家阮元先生曾在此地任官，湖內留有他興建的「阮堤」遺跡。清末在湖畔興建了「陸軍講武學堂」，巍峨的校門、堂皇的校舍矗立在旁，蔡鍔將軍就是在此地興兵討袁的吧？眼前的軍校用地閒置不用，當年影響軍政大局的風流人物，而今安在哉？翠湖邊有「聞一多故居」，旁邊就是「聞一多先生殉難處」，位在狹窄的山坡道內，堵住兩端的出入口就成了死巷。民國三十五年七月十五日，聞一多在雲南大學至公堂的李公樸追悼會上發表了慷慨陳詞的激烈演講之後，被國民黨特務暗殺於此。這些事件，改變了後來中國國民黨的命運。

陵谷會變遷，人事會更迭，永恆不變的是人們喜愛柳蔭水光的心情。

殺價記

殺價也是一門學問，尤其是到了觀光區，面對那些見過許多世面早已成精的大蓋仙，還要向他們殺價，那真是很不好學的一門「學問」。

來到雲南大理，看上了「葫蘆笙」，一種帶有民族風情的樂器。主人的店面小，卻很會吹奏，小桌上擱放著親手做的半成品。他說便宜的八元、十五元，最貴的三百元也有，全掛在牆上，任君挑選。怕他騙人，我決定先不買，貨比三家再說。

走著走著，多看了兩家。別家的貨色少，又兼賣其他的東西，價錢也差不多，大約次級品二十元，高級品一百六十元起價，差別就在有無「三簧片」，吹起來有共鳴聲的，可以撐起獨奏場面。想想自己略知一二，時間也不多了，好像別家都沒有先前那家專業，就折回去那家買。

剛走上門，就知道大事不妙。主人笑嘻嘻的迎上來，顯然還認得我。沒多久工夫就二度光臨，不是把「我很想買」四個字寫在臉上嗎？我指著有三簧片的那一排葫蘆笙，他說「一百八十元」。好可惡！開口就比別人貴。我告訴他別人的賣價低，他強調都是自己做的，真材實料。我再問他CD片賣多少錢，真希望買兩樣可以便宜些。CD片可以少算五塊，葫蘆笙還是沒得殺，真令人一籌莫展。

幸好救兵來了。同行的小向走進來，她知道我老實，瞭解大概情形，就向老板說：「八十元就買下了。」老板依舊不肯，她走出門前叮嚀我一聲：「別買！」我懂。下定決心不買後，隨意把玩一下，我也掉頭出門。老板立刻追上來大嚷：「別人一百六，我就一百六了。」我沒理他，走出門外，居然小向還在門外等我，怕我上當。她知道我很想買，拉著我往店門內喊話：「剛才那隻，五十元！不賣，我們走了。」老板連忙陪上笑臉，包好貨品，五十元成交。

回到車上，小向還在說：「要不是沒時間，三十元就可以買到了。」

我賞玩著葫蘆笙，已經很感激小向的用心。要不是她「棄」而「不捨」，我早就荷包大失血了。

青蛙的後代

昆明是個四季如春，適宜居住的好地方。

大理是個土地肥沃，綠野平疇，人民安居樂業的好地方。

麗江是個冬夏分明，人情和樂，令所有遊客懷想不止，甚至頗有意願終老於此的好地方。

「昆、大、麗」這三個地方，是雲南旅遊必到的景點，越往深山內陸走，心神益發舒暢，風景美，人也更嬌美。

原來，雲南省西部是怒江、瀾滄江、金沙江三條河流的上游地區，三江並流，切割成高山縱谷，蘊育出林木蔥蘢、珍奇異獸叢出的自然景觀，也保留了許多宇宙洪荒的天然遺跡。大自然隔開了人類的生活環境，而人類為了適應大自然的多樣化，也各自發展出不同的生活方式和風俗習慣，於是這裡成為世界罕見的多種族、多語言、多宗教信仰的地區。

民族雖多，人口卻少，崇山峻嶺終究養不活太多的人口。其中的納西族約有二十三萬人，居住在麗江古城一帶，占有高山中的平原精華，也長期享有當地政經樞紐的地位。然而，從元朝蒙古人入侵中原以後，這兒也難逃兵燹。東有漢族，西有藏族，麗江是漢、藏二族通商來往的「茶馬古道」必經之地。南有大理國，後來北方蒙古兵又遠道侵伐來此，納西族是麗江少數民族中的大族，卻是永遠敵不過周圍大族的小族。怎麼辦呢？

樂天知命的納西族人，發展出自保之道，那就是不斷的繁衍族群，讓族人永遠生活在心境平和的快樂中。他們選擇「青蛙」作為民族的圖騰，因為青山翠谷適合青蛙成長；而青蛙產卵特多，象徵後代子孫綿延不絕。面對外敵入侵時，他們也像青蛙一樣，臣服聽命而毫不抵抗。納西族也自創象形文字，留下了一句很有名的諺語：「打不贏蛇，拿青蛙出氣。」嘲諷世間恃強凌弱的現象，趣味十足。

走在麗江古城的集散中心「四方街」上，不時看到納西族長者圍攏在一起，自得其樂的跳舞迎賓；也不時看到納西族少女穿著白底藍邊的服飾，「巧笑倩兮，美目盼兮」，眼波流轉，親切友善。他們一派清純天真的模樣，告訴了世間友人：我們是青蛙的後代，與世無爭。

巴山夜雨

四川省古稱巴蜀之地。其實「蜀」指的是成都一帶，那兒物阜民豐，所謂的「天府之國」；而「巴」指的是川東一帶，這兒山巒起伏，阡陌無法相連，看起來不再是平疇千里的景象。

今年春夏之交，我有機會到重慶一遊，來到坐落於市郊北碚縣的西南聯合師範大學。這所學校位在嘉陵江畔，校舍依山勢而建，風景秀麗。住在學校迎賓館的高樓，遠望過去，一棟棟的建築物參差錯落在山林花樹間，有幾分靜謐幽雅的景致。

白天忙於開會，難得欣賞風景，只能利用清晨在校園內兜了一圈。晨曦幽微，晨霧飄渺，樹影扶疏，路上行人優閒地行走。晨霧幾乎是散不去似的，天空灰濛濛的。可是也不下雨，偶而山風吹面，還會帶來絲絲涼意。雨珠不是落不下來，落的時間短，只落三兩滴，蠻大滴的。據當地人說，重慶的氣候都是這樣子的。

沒想到這一切都在深夜變了個樣兒。

約莫半夜十二點鐘，大雨傾盆而下，那雨勢就像老天爺在倒水，唏哩嘩啦倒個不停。剎時飄風急雨，蹬蹬咚咚，雨勢不肯稍歇。窗簾隨風揚起，屋內樹影飄搖；又見戶外雷電交加，迅雷閃電以其不及掩耳之勢，高踞山頭，直劈山下。「ㄆㄧㄚ」的一聲，大地一片闃黑。此時此刻，但見山頭高掛在遠方，黑影幢幢，靜默在蒼茫夜色中。

不知道眾人皆已沉睡否？而自己經歷一場風雨夜之後，反而心靈澄淨下來。這不正是李商隱詩中「巴山夜雨」的景象嗎？我忽然明瞭，「巴山夜雨」是如此的風狂雨驟，當然可以「漲秋池」；也明白在這孤寂闃黑之夜，不由自主地會想念遠方的家人；當然更瞭解到，與思念的人「共剪西窗燭」的重逢時分，一定要「卻話巴山夜雨時」了。

這場大雨真的神奇，最奇的是發生在深夜。翌日清晨，大夥兒都在討論昨夜的奇景，有人打趣的說道：「這不是什麼『巴山夜雨』，只是巧合罷了。」不料旁邊一位來自成都的學者說道：「你可知道，咱們成都常常在傍晚的時候下雨？」

媚態觀音

來到重慶西郊的大足縣，為的就是觀賞那馳名中外的「大足石刻」。

大足石刻是中國南方最大型的摩崖造像群，也是中國晚期石窟藝術的代表作。現存石刻以北山、寶鼎山兩處最為集中，依山而建，連綿數里，規模宏大。它興起於唐朝末年，帶有雄渾豐潤的特徵；而又延續到南宋紹興年間，轉而帶有典雅秀麗的特徵。於是「古樸」與「精美」並列，成為一大特色。這方面的表現，竟然在「觀音」身上看得出來。

「觀音」在古印度原本是一位善男子，為丈夫身，後來被中國老百姓按照自己的願望，把他大慈大悲的品行，與女性溫柔善良的本質結合起來，轉換成女兒身。這種轉換，饒富民族色彩，又深受百姓愛戴，應該不是短時間內完成的。

而今北山石刻刻畫最多的，就是觀音像，這裡被形容為中國觀音造像的陳列館。有「水月觀音」、「如意輪觀音」，可以步步移，可以面面觀，看她的姿態，她的衣飾，她的容貌，她的性情，無不維妙維肖，莊嚴而又聖潔。可是走到「媚態觀音」面前時，更令人嘖嘖稱奇，「觀音」竟然也可以如此呈現呀！她雖然只是一則小品，壁立在眾多石刻造像中，倒也一點兒不寂寞。她的身軀嬌小，彎腰而立，配上彩帶飄舞，薄衣貼體，體態嬌媚，顯得風姿綽約的樣子。五官小巧而甜美，面容端莊而可愛，自有其絕代風華。一般說來，晚唐仕女大多圓潤豐滿，宋代漸趨文飾繁麗，那麼這尊筆觸簡潔的雕像，就極可能是五代時期承上啟下的精品了。難道是世衰亂離，才使得觀音不得不以如此嫵媚的姿態呈現？

當年興建石刻，是想藉由宗教的精義，勸勉世人修身養性。後來石刻越刻越多，為了避免題材及造型的重複，於是儒、佛、道內容無所不包，雕刻技巧無所不陳，反映了當代生活全貌。這些石刻因此具有崇高的宗教價值、歷史意義，以及藝術生活美學，很值得用心品味呢！

養雞女

大足縣的寶頂山，原本是馬蹄型的山灣。當初的建構者，利用地形，在山坡上摩崖刻石，營造出宏偉的塑像。各圖像之間有經文，有偈語，圖文並茂，訴說著許多勸勉世人的佛教故事。於是，當你來到這裡，會看到連綿成串的石刻連環畫，一座屬於宋代的民間風俗畫廊。

首先映入眼簾的是「牧牛道場」，藉由馴服蠻牛的艱辛，說明禪修過程。接著可以走入旁邊的山洞，參觀「圓覺道場」，洞中十二位菩薩指點迷津，石像一體成型，雕工宏偉精美；而洞內採光、排水、陳設，又是一件建築美學與力學的結合。走出戶外，護法神在旁嚇立，華嚴三菩薩在前指引，逐步朝見山崖下的臥佛，見證釋迦牟尼佛的涅槃境界。臥佛只有半身，象徵身軀之外還有無邊的世界，其他菩薩陪侍在側，身形相對較小，個個面容端詳且謙恭。

再往下走，會看到「九龍浴太子」、「千手觀音」，更有那「父母恩重經變相圖」，將十月懷胎、一朝分娩、寸草春暉、為子成親……，一一真實生動地刻畫出來。父母養育子女何等辛苦？這是勸人行孝的好教材。

而後又有「地獄變相圖」，無非是戒酒、戒色、戒殺生之類，但是飲酒者有罪，勸酒者也有罪，甚至於賣酒者也有罪，還真難為了世人。由此延伸，於是養雞女也有罪了。君不見其中的「養雞女圖」，雕刻著一位面貌姣好的農家婦女，身形健壯，面帶「蒙娜麗莎」式的微笑，沉浸在掀開雞籠的歡愉之中。要她承擔「助殺生」的罪過，還真讓人於心不忍呢！其實，「養雞女」高一百二十五釐米，是大足石刻的精品之一，正因為刻得太完美了，引人佇立觀賞，反而捨不得羅織她的罪名。

至此念頭一轉，才驚覺這些佛經故事本來有它很深的警世意義，利用摩崖刻石而流傳於世；想不到歷經八百年後，原屬工具性質的石刻，也藉助佛經教化而保存下來。魚幫水，水幫魚，而今我站在「養雞女」的雕像前，看重的可以不是佛理，反而是雕刻藝術了。不知世間是否有人與我所見略同呢？

天籟・悠揚

長江三峽，西起四川省奉節縣白帝城，東到湖北省宜昌縣南津關，沿途說不盡的旖旎風光，真是一處天然藝廊。三峽大壩完工後，葛洲壩截住長流，人潮轉進上游溪谷，神農溪成了觀光勝地。

神農溪在巴東縣境內，源於神農架，溪流十餘里，流經鸚鵡峽和龍船峽，在巫峽出口附近注入長江。兩岸絕壁上可見古棧道和懸棺葬（懸掛棺槨在峭壁石縫間）的遺跡。乘坐名叫「豌豆角」的小舟漂流，闖深翠，溯激湍，擊拍浪，驚險刺激。

據說，從前長江三峽有縴夫拉縴，那已經是抗戰前後的事了。自從毛澤東下令炸掉三峽的險灘和礁石，大船長驅直入，早已不再需要縴夫拉船。拉縴的景象，現在只有神農溪看得見。

拉縴極為費力。一艘坐上二三十人的船隻，約莫需要十個縴夫。拉縴必須群策群力，不只船上的縴夫齊心齊力，還須與附近的船隻通力合作。當逆流而上時，船首老大掌舵，有的船夫在後面推，有的在兩旁往前拉；大半時間，他們把繩索纏繞綑綁在胸前，用盡全身力量，彎身前進。

深山縱谷對他們更是嚴苛的考驗，他們必須借助地形，有時半身沒入水中拉縴，有時走上岸邊拉縴，有時岸頭就是懸崖峭壁了，他們還必須用鐵鉤勾住崖壁峭石，前面的人一起用力拉，後面的人再用撐篙的方式向後擠。再不得已，就橫渡到對岸，找個好地形迂迴前進。這時候水中的巨石成為縴夫攀附的支柱，他們斜立在石頭旁，死命的橫渡激流。前方的船隻過河後，又會拋下繩索，幫助後面的船隻渡河。

整個拉縴過程，拉、推、勾、擠、攀、拖、走，時而竹竿交錯，時而繩歪索斜，時而跳上躍下，時而嘶吼，時而悶哼，用盡了所有人為方法，看似雜亂無章，卻又井然有序的繼續前進。於是在青山翠谷中，在激流急湍裡，一隻渺小的船隊迤邐而行，他們在與大自然對壘、對峙、對抗，最後尋求與大自然的對話、妥協，為了生存。

聽他們說，有記憶以來，拉縴就是男人的工作，女人都在家裡搓麻織布。十五、二十年前，縴夫是不穿褲子的，褲子一旦沾濕了，在水中行走很不方便。後來觀光客多了，不穿也不行。他們的老祖先都靠這條河吃飯，河水六十公里，住著幾百戶人家，生活所須全依賴這條河。船家給我們看一些舊照片，那些縴夫的背影，還真是光溜溜的黑漢子。

看著他們拉縴，看得怵目驚心，心疼不已；再聽他們述說著拉縴的辛苦，更是於心不忍。心中只能默禱，他們一定能克服萬難，這時心底也發出喟歎：「天地不仁哪，以萬物蒼生為芻狗！」

然而，在他們臉上，倒看不出什麼艱難困苦的表情。拉縴開始沒多久，山谷就傳來陣陣回音，歌聲響徹雲霄。仔細聽來，耳邊也呼呼有聲，那是蕭蕭山風，傳送來粗獷豪邁的野地呼聲。漸漸地，聲音由小而大，益發清脆起來。

縴夫們走在山谷中，走在水涯邊，為了要同心協力，自然而然地踩踏著整齊的步伐，吆喝著有節拍的曲調來。步伐很慢，聲拍隨之拉長，沒想到竟然成了一種天籟，山谷間音聲迴盪，聽來胸膛熾熱如火，盪氣迴腸。他們不急不徐的唱著，聲音雄壯嘹亮而悠揚，那真是難得親耳聽聞的「男音」，那麼地動人心弦。蒼天啊！任誰聽了也會掉淚的歌聲啊！

回程順流而下時，縴夫統統跳上船舷，或搖櫓，或划槳。只有遇到曲流的時候，一兩個船夫跳下船來，調整船隻方向就可以繼續漂移了。偶而他們也應聽眾要求，唱些「回娘家」之類伴隨老婆返鄉的抒情小調，別有一番風味。只是我還沒有回過神來，兀自讓剛才的天籟縈迴在腦海中……

泥菩薩過江

「酆都」是全中國最有名的鬼城。漢唐以來，相傳這裡就是「陰間之王」居住的地方，李白有詩道：「下笑世上士，沉冤北酆都」，更增添了幾許神秘感。據說每年農曆三月三日的鬼城廟會，車船爆滿，游人如織。這裡曾經是很熱鬧的地方。

今早偷得浮生半日閒，和羅聯添老師一道，去縣城遛遛。靠近碼頭邊，有一排破落的房子。房子門窗都拆了，裡面空蕩蕩的，地上散落些物品，已經被當作倉庫。稍為大一點的牆面，漆上一個歪歪扭扭的大紅字——「拆」！這兒都是集水區，將來三峽大壩完工後，會被滾滾長江水淹沒吞噬。現在這裡沒人住，全搬走了。

走在鄉間小路上，看到一群鵝被趕向不知名的地方。一會兒，一輛大板車又從後面驅趕過來，車上橫綁著兩頭大肥豬。前方轉角處，有幾處水果攤位，蘋果一塊半一斤，合臺幣七塊錢一斤，水梨、柳丁也很便宜。這裡是很簡樸的農村，人們只是在圖溫飽、過日子而已。

聽說小小酆都城有七十五座寺觀，密度頗高。信步向前走，果然來到一間「延生禪院」。寺院建築古色古香，花木扶疏。走到後殿，地勢較高，三尊菩薩像雄峙一方。廟方正在籌措遷建費，我們也添了些香油錢。隨口問問，長江水會淹到哪裡？廟祝指著後殿的屋簷說：「淹到這兒。」還加了一句：「水位高度都算得好好的。」照這個高度看來，半山腰以下的酆都城全淹沒了。

「整座廟都要搬囉？」

「能搬的就搬，但這三尊神像不搬。」

「為什麼？」

「這三尊是泥塑的，一搬就碎了。」

真的嗎？這還真應驗了「泥菩薩過江自身難保」？原本保佑人民的菩薩都不保了，那該教人怎麼辦？「三峽移民遷建工程」喊了好多年，終有這麼一天，江水會淹沒掉曾經辛苦建立的家園。可是看看他們的臉龐，聽聽他們的語氣，好像已經準備好承受一切苦難，邁向未來。收香油錢的櫃臺旁，掛著改建後的禪院鳥瞰圖，這是他們的希望。

走出戶外，看到的不再是行色匆匆，每個人都有一副堅毅向前的表情，心中都給自己許下了一個美好的未來。

走一趟奈何橋

來到酆都鬼城，當然會看到奈何橋。奈何橋的左右邊，又各有一座金橋、銀橋。橋身不長，石砌而成，有些古樸。聽導遊解說：「夫妻要男左女右，攜手並肩，三步過橋，下輩子才能再結好姻緣。」於是同團的夫妻檔，果然煞有介事地一步一步踩過奈何橋。

奈何橋後邊，就是鬼門關。關隘狹小，關後有一石階路，酒鬼、錢鬼、欲色鬼、淘氣鬼……的大型雕像，矗立兩旁。這些全是白色石雕，筆觸誇張露骨，根本是現代化的產物。

過了鬼門關，來到黃泉路。黃泉路稍長，但也不過二、三百公尺。黃泉路盡頭，就是天子殿。天子殿兩旁廂房，刻畫「十八地獄」圖。上刀山、下油鍋，種種酷刑在此。再往裡走，「耀靈殿」廳堂高懸「善惡昭彰」四個大字，一看便知這是閻羅王定死生的地方。手拿生死簿的文武判官侍立在前，個個表情嚴肅，十殿閻羅，果真令人怵目驚心。如果夜遊此地，一定不寒而慄，倍感肅殺的氣氛。

天子殿正前方，視野頗佳。俯瞰長江水，在遠方樹林間幽幽的流著。望鄉臺在右前方，訴說著流不盡的悲苦。鍾馗殿在左側，守護著人世間永恆的正義。這時心神稍微舒坦了些，放慢腳步，留意一下路旁的古碑。許多詩文題字，吟詠著酆都八景，那正是：「平都山曉、流杯池泛、月鏡凝山、青牛野啖、珠簾映日、白鹿夜鳴、龍床夜雨、送客晴瀾。」仔細想想這八景出現的時辰，在清晨，在黃昏，在月夜，在雨中；陪伴而來的景物，是山月，是珠簾，是鹿鳴，是離情；這不都帶有幾分淒迷嗎？想來酆都最美的景況，還真符合魑魅魍魎的喜好。

酆都傳說，源自漢朝。而今小小的山城，雖難逃人工化的命運，也仍然保有美景天成。古碑留下了文人的雅致情懷，後人來此，當能發思古之幽情。

相見歡：武漢大學之一

去年七月，武漢大學熊禮匯教授邀請我來開會。這是很普通的邀請，我卻因為手續趕辦不及而爽約了。我從來沒見過熊教授，對武漢大學也所知不多。沒想到在電話中向他致歉時，他卻對我說：「本來你來了以後，我還想和你商量一件事，就是邀請你下半年來武漢大學，為我們學生講學一個月。」

今年五月中旬，我來到了武漢大學，住進外國學人招待所。熊教授帶我參觀校園，為我講解一百多年來，從湖廣總督張之洞創辦武漢大學的前身「兩湖書院」開始，這所學校就主張「中學為體，西學為用」，是走在時代尖端校風開放的高等學府。直到今天，這所學校的全國排名還是很前面，學生素質頗高。

素昧平生，就受到如此看重，我吃了一驚。在大陸，雖然邀請海外學者越來越多，但是受限於某些條件，真正來自臺灣受邀前來講學的人還是很少。在武漢大學，能被安排連續數週系列講座者，那就少之又少了。熊教授只是看過我兩三本書、幾篇論文，就這麼能肯定我？我真是受寵若驚了。

武漢大學校園內巍峨的中國宮殿式建築。

熊教授還很有浪漫精神呢！說起讀大學時，他常常寫新詩，每天清晨都對全校同學廣播詩句。有位老師過世了，好多年後他寫了篇紀念文章，那位老師的長媳把全家晚輩集合在一起，念這篇文章給他們聽，並且告訴子姪們：「你們的爺爺就是這個樣子！」熊教授的文章內容真實，文筆又好，為人重情重義更是沒話說。

這幾天，他帶我到東湖、放鷹臺、湖北省博物館、漢口租界四處走走，還安排我去黃岡師範學院演講，順道暢遊東坡赤壁。聲音宏亮的他，魁梧強健，熱誠周到的盡地主之誼，談文論藝又十分深刻入微。他告訴我說：「我們湖北人同時受到南北方文化的影響，個性豪邁，心思又很細膩。」事實也如此。每回我作完演講後，他都會再深思琢磨一番，提些問題和我討論。有一次我們在江灘公園品茗聊天，古今中外了一個下午，無所不談。楊柳風輕輕吹拂，長江水在旁悠悠地流著。喝著茶，熏著暖風，熊教授對著我說：「喝茶也能醉人呢！」

相處才幾天，與您真有一見如故的感覺。「樂莫樂兮新相知」，人生難得幾回這麼醉！

我是個怎麼樣的人：武漢大學之一

有一位讀友對我說：「我以為編《古今文選》的人都很老了，沒想到你這麼年輕。」類似的問題常常出現在第一次見到我的人口中，因為他們都先讀過我的書，大概認為研究「唐宋古文」的人都很老。其實我也不年輕了。年近半百，日漸感受到歲月催人老的壓力。倒是一張稚氣的臉，好像能遮掉不少年歲。

熊教授對我說：「你的論文寫得那麼嚴謹，沒想到你的人這麼溫柔。」關於這點，似乎可以承認一些。我寫論文的時候，字斟句酌，謹慎思考，很認真的追求客觀精神。那裡面的確什麼個人的主觀的影子都不想放進去。可是待人處世啊，我要學習的地方還有很多很多。我太沉靜了，有好多人際關係的事缺乏主動精神。我講話也太直，愛批評某些事，太沒心眼。那心胸寬大的人可以接納我為「益者三友」；而那不熟識的人，就可能被我氣得火燒心頭十層樓高，我卻渾然不覺的仍然在過自己的日子。

今天早上，我走了一趟珞珈山。沿路晨跑的人都用詫異的眼神看著我。我知道，因為我到了一個新環境，這裡的人不認識我，當然心底有個問號：「你是誰？」而在家鄉那個熟悉的環境呢？又因為我不多話，總給人神秘而深沉的感覺。於是大家心底也有個問號：「你是個怎麼樣的人呢？」

那麼，我該是個怎麼樣的人呢？有時我也不太清楚。是什麼因緣讓我在這裡，很優閒地享受舒適的晨光，明亮的午後，還有一個寧靜的夜晚？我應邀來到武漢大學講學，見到巍峨廣袤的校園，感受到親切熱情的接待，聽到的是不絕於耳的掌聲，受到十分禮遇，這些都是莫大的殊榮。然而，我何德何能？為什麼可以是我呢？

我坐在書桌前，擡頭望見一棵高大筆直的雪松。綠意伸出它的枝椏，向我招手。而現在，不是下雪的季節。松樹前方是美麗的東湖。晴空萬里，白雲靜靜地優游，我的心也跟著寧靜沉澱下來。

走訪珞珈山：武漢大學之三

珞珈山的美，美在它的親切、自然，還有人文的和諧。

珞珈山原名「羅家山」，是姓羅的人家住的山。據說聞一多來到武漢大學擔任文學院院長，就給它改了個有佛經意味的名字。

武漢大學很大，校園依山傍水，頗有海涵地負的氣勢。珞珈山坐落於校園南方正中心，成東西向走勢，北面望去就是東湖，一個比杭州西湖還要大的天然湖泊。環山繞行一圈，山路平緩，可以看山望水，正好走得微微出汗，約莫一個鐘頭。漫山遍野的林木蔥翠，日光隱耀，鳥聲此起彼落，走來十分舒服。東湖在葉縫間若隱若現，等到秋風起兮時，草木搖落露為霜，那東湖就成為一片明鏡了。

這一帶被稱為「老武漢」，校區最早是從這裡發展起來的。當年地質學家李四光先生，騎著一頭驢，勘察過這片美好的地形，選定校園建在這裡。現在武大校園內還有先生牽著一頭驢的雕像矗立著。

「山不在高，有仙則靈。」過去珞珈山上有十八棟小洋樓，分三排而立，若斷若續的錯落在山腰間。每戶小洋樓可住一到二戶人家，都是中央研究院的院士、武漢大學的校長、還有幾位一級教授的住所。蘇雪林住過，郭沫若住過，周恩來住過；在西側山腰邊的半山廬，抗戰初期蔣委員長在這裡籌辦訓練班時曾經駐紮過。而今半山廬完好如初，房子雖小，卻十分堅固牢靠，隱身於樹叢間，環境清幽雅靜。

山上那十八棟小洋樓，有的還有人住，有的已經殘破不堪。這些房子，造型、坐落方向各自不同。有二層樓的，有三層樓的。長方型的居多，還有L型、F型、H型的。一樓或有小玄關，二樓或有小露臺。樓不高，拱門因此厚重了些。有的門廳是一個大拱門，有的是三個小拱門。有方型窗，也有半月型小窗；有的窗櫺向外推，有的是木格窗，不能向外推。這都是同一批建築群，卻因山勢不同，基地大小不同，而有各自的建築考量。

再細看這些房子，異中又有同。他們都是灰白色土磚砌成，木框窗，拱門，斗拱，網狀壁紋，外加個小閣樓，還有煙囪。各據一方天地的屋宅，吐納大塊噫氣，吸吮著晨曦穿透林木間的山嵐。想見當年，隱身於花木扶疏的文人雅士們，品茗沏茶，煮酒論文，享有一段寧靜的生活。

走訪珞珈山，我循著破損的石階級級而上，循著前人不斷踩過的小徑足跡而下，不時有一兩片樹葉輕輕飄落下來。

抗日的真相：武漢大學之四

來到武漢大學之後，意外的和許多人討論到現代史方面的問題。

當我提起海峽兩岸對抗戰的解釋簡直南轅北轍，完全失去客觀真相時，武大歷史系的彭教授說：「現在比以前好多了，連日本學界都已經注意到兩岸的解釋越來越接近了。」不過他也說：「有些臺灣學者當面告訴我：『你們對蔣介石的評價是不公平的！』」

這種最不公平的地方，就是認定國民政府不抗日，抗日全是共產黨的功勞。譬如我在大陸期間，看到國營電視臺所播放的紀錄片，剪輯出來的是民國二十年北洋軍閥馮玉祥大聲疾呼全國抗日的口號，而蔣介石不予理會。對於蔣委員長「犧牲未到最後關頭，絕不輕言犧牲」的主張，掌握北伐到抗戰前夕的有限時間，做好抗日準備工作的「黃金十年」的努力成果，隻字不提。

而今武大校園內有兩棟高大巍峨的宮殿型建築，碑記上寫著「中華民國二十三年國立武漢大學建」。這是當年國家財政極度窮困時，仍然戮力從事建設的一個標記，也沒有人在意。更多時候，還可以看到電視臺播放土共打游擊大勝日本兵，還救助了國民黨軍隊的荒謬連續劇。

江漢大學的盧副院長鑽研現代史，他知道抗日有國民黨軍的功勞，他解釋道：「因為大陸的電視劇都是由這邊製播的，自然會肯定共產黨的功勞。」顯然，像胡錦濤在慶祝抗戰勝利六十週年所說的：「抗日是中國國民黨和中國共產黨共同努力的成果。」這般稍稍平衡的報導，大概還要許多年後才能深入人心。

當年被追到窮途末路的共產黨，因為西安事變而逃過一劫。有一次老蔣總統對張學良談起：「這個事件的代價太大了！」後來張學良接受日本電視臺的訪問，他形容他和蔣委員長「關懷之殷，情同骨肉；政見之爭，宛若仇讎」，而對於他堅持先「攘外」後「安內」的問題，張將軍沉默了許久，然後低下頭來緩緩地說道：「也許我錯了。」

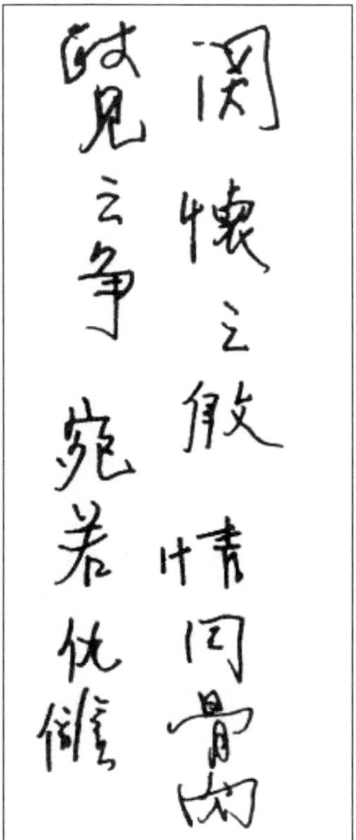

再有，毛澤東在歡迎日本首相田中角榮到中國「建交」的茶會上，曾經脫口而出，說了些感謝日本人當年攻打中國，才讓共產黨有機會奪取政權的話來。以他當時談話的心情、場合，說的是真心話。那麼，抗日是誰乘機坐大、坐收漁利，已經非常明白了。江漢大學中文系張主任提起毛澤東時，還以為我在臺灣沒看過這個畫面。我看過，倒是盧副院長沒聽說過。他的反應是：「這番話有失國格。」國格？這是面子問題嗎？我更想知道的是歷史的真相！

等我到了南京以後，發覺當地有許多人對國民黨很有感情。有位學者對我說：「當年共產黨打日本軍的正面戰役只有兩次，其他都是游擊戰。美其名是游擊戰，更多的時候是『游』而『不擊』！」嗨呀！有這麼顛覆的言論，看來抗日歷史的真相，會有水落石出的一天！

拆不穿的西洋鏡

他戴著黑色墨鏡，一襲白布衫，彷彿從古老的時空走來。走到十九世紀初的西洋鏡旁邊，拿起小竹板，猛力敲下，銅鑼板很有節奏的響著：「鐙！隆咚，隆咚，鐙！鐙！鐙！」

「來看西洋鏡囉！」小竹板又敲了下去：「鐙！隆咚，隆咚，鐙！鐙！鐙！」

在他身旁的西洋鏡真的是件老古董了。泛黃的一只大木箱，木箱前有四個小洞，各鑲上一面小鏡子。木箱後吊著幾幅古代山水圖畫，客人只要坐在小鏡子前，往裡頭望去，就可以看到洞裡乾坤。小朋友興致勃勃的坐上前去，每人三塊錢，我和小女兒也湊上前去。

坐定了。他開始說起書來。「鐙！隆咚，隆咚，鐙！鐙！鐙！」先是一張圖片，左邊兩個人坐在桌子旁下棋，其中一個坐姿不太好，手彎在桌面上，頭就枕在手臂上，像快睡著的模樣。接著鏡頭移轉到右邊。「看到沒有？樹下有個人站著，再往他的頭上瞧去，頭上有水滴是不是？是誰在撒尿呀？」大家都笑了。樹上有隻猴子在撒尿，牠正尿在唐太宗的頭上。

自十九世紀初用至今的西洋鏡。

他引導我們再看下一張圖片。每張圖片都有一個主圖，再向圖的四周延伸，又可以看到不同的風景。奇怪的是，燈光打下去，本來圖片空白的地方，忽然多出了許多景物；燈光黯去，又還是一片空白。圖片可以抽換，也可以重疊加上，像投影片似的，但又看不到有影片加上去的動作。一切都很自然平常，故事也很逗趣，流暢的敘說下去。

每張圖片都可以說很久，他說的正是「魏徵夢斬涇河龍王」的故事。原本是龍王求唐太宗幫忙，阻止魏徵斬他；沒想到唐太宗找魏徵下棋，魏徵睡著了，還在夢中斬了龍王。後來龍王找太宗索命，鬧得宮中雞犬不寧，《西遊記》記載唐太宗找來玄奘法師作法會，消災解厄，後來才有唐三藏西天取經，孫悟空護駕西行的故事。這回說書人說成唐太宗直接找來孫悟空降魔收妖，簡化了一大段情節，卻也說得合情合理。

故事最後，孫悟空騰雲駕霧來了。他一身輕裝，手持金箍捧，忽然間全身閃閃發亮，衣裝熠熠耀眼；又忽然間變出千萬隻孫猴子環繞身旁，滿山滿谷的大陣仗。說書人說完他的神勇，就向大家道個萬福，祝福大家「年年歲歲、保——平——安——。」緩緩謝幕了。聽得津津有味的觀眾，帶著「平安」的祝福，一一起身離去。

這裡是上海市城隍廟風景區，最熱鬧的街角，述說著一個流傳久遠的故事。「鐙！隆咚，隆咚，鐙！鐙！鐙！」銅鑼聲響起，說書人又繼續說他的故事去了。

遊走朱家角

來到上海，走一趟青浦區的朱家角古鎮吧！

放生橋的橋墩很美，橋拱高大，從上海黃埔江可以搭船來到這裡，這裡可說是朱家角的起點。江南水鄉，家家戶戶傍水而居。河岸邊的民宅下方有幾層階梯，順勢延伸到水裡；而今，有些階梯已經填滿石磚，成為屋下的基石，依然歷歷可辨。從前河水很清，從岸邊伸網向下，可以撈起魚和蝦。現在雖然不比從前，但是站在水岸邊端詳一會兒，還是可以發現水草間有魚兒在那裡周流漫游。

往南走四百公尺，到達城隍廟。孫紹振教授帶領我們看看他曾經就讀的小學，就在這座廟裡。我們走過廟場，來到正殿，孫教授一一為我們解說：「正殿就是學校的辦公室，正殿旁的廂房當年都是上課的教室。廟旁的大樹剩下不多了，小時候常常在大樹下玩耍。」孫教授今年七十六歲，步履穩健，而且思路清晰。當他回味往事時，依然滔滔不絕，保有小學生的快樂心情。

廟前矗立著一對石獅子，六十多年前牠們就站在這兒，如今滿面風霜，獅面有點模糊了，依然克盡其職守地站在廟門口。廟門外是用長條形的石塊鋪就而成的石板路，石板路一直延伸出去，路的正下方就是小河。孫教授說：這些石板的鋪面都經過精心設計，可以讓雨水流瀉而下，巷弄涼風習習，路面從不溼滑。居民住家都蓋在石板路旁，家門後是平行的街道，幾條街道之後就是與小河平行的大河。

石板路長五百公尺，最是繁華熱鬧。我們信步走著，看著小船流穿水面，遊人川流不息。茶樓瀕臨河畔，商家比鄰而設，送往迎來，人潮擁擠。孫老師的舊家還在！他指著路中心的一戶有閣樓的木造房子說道：「這是我家！」而今，老房數度易手，屋內空無一人，孫老師早已不住在此地了。我們沿途走來，也沒見過孫老師和哪位鄰居打過招

江南的水鄉。

呼。「人生幾度寒暑，萬事皆空事事休？」孫老師可沒這麼想。他提起當年從朱家角到北京讀大學之前，從來沒離開過朱家角，心中一直以為全中國都是秀麗的風光，哪裡想到北京是個黃土覆蓋、灰撲撲、沒有多少綠意、也沒有小橋流水可親近的地方！

石板路中段有座「大清郵局」，始建於清朝同治年間，據說是當年全國最早設立的郵局，也是現今華東地區唯一保存下來的郵局舊址。其實豈只是郵局而已？附近還有許多早期成立的外商銀行大樓。清朝末年的上海已經是全國經濟中心，而朱家角正是上海對外貿易的重要據點。

我們走上一座跨過河面的拱橋，涼風徐來，視野愈發遼闊。在拱橋上東指西顧，看見村莊全貌，聽著孫老師聊起過去的美好時光。江南呀江南，人人安居樂業的魚米之鄉，「春來江水綠如藍，能不憶江南」？

北京烤鴨

「不吃烤鴨真遺憾！」來到北京的人，都會吃一客名聞遐邇的北京烤鴨。

朋友帶我來到前門這間烤鴨店，是一間有歷史的總店。入座不久，我們就開始大啖烤鴨。鴨皮色澤金黃油亮，外皮酥香而脆。一點鴨皮帶上一長片鴨肉，肉質嫩而多汁。吃法和臺灣大街小巷的北平烤鴨差不多，麵皮放上薄肉片，香蔥沾上甜麵醬，然後卷而食之，味道頗為香美。有點不同的是，鴨肉片還可以置入烙製好的荷葉餅，就像圓圓的小燒餅般，咀嚼一番，很有飽實感。店家把片鴨後剩下的骨架，加冬瓜或白菜，燉成鴨骨湯，又是一道湯料。

鴨香，皮脆，肉嫩，加上醬料好，都是烤鴨好吃的密訣。喜歡吃北京烤鴨的人說，北京烤鴨吃起來油而不膩。一般情況下，鴨肉較為乾澀；如果你喜歡滑潤的口感，吃完後嘴唇上還有一層油滋滋的感覺，那麼，來吃北京烤鴨就沒錯啦！

相傳，烤鴨之美，源於名貴品種的北京鴨，它的肉質極為細嫩。清朝時，為了大量繁殖，採用了強迫灌食的方法育肥，稱之為「填鴨」。被填出來的鴨子肥肥胖胖的，缺少運動，因此鴨皮下油脂多，反而彌補了鴨肉乾澀的缺點。這種育鴨方式，出現在一百多年前，是很先進的創舉。

全聚德烤鴨還有一段故事。當年名叫「德聚全」，只是個城門外的小攤位。他們把烤鴨掛在爐外，用木炭柴火烤。烤鴨香味四溢，明爐法成為一大特色。後來又有另一種燜爐法，把鴨子鈎入大爐內壁燜燒，稱為「燒鴨」。至今北京烤鴨流傳著兩種不同的烤法。

有人說，北京烤鴨難吃是因為文革期間斷了烹調美味的傳統，這傳統只剩港、臺兩地保存了下來。其實港、臺不用填鴨法，鴨子的品種不同，口感風味自然大不相同。不過，民以食為天，北京烤鴨一直活在庶民文化之中，它的育鴨法、燒法、吃法，並不曾失傳，甚至於為了適應社會需要，不斷地創新發展。而今北京各地的烤鴨流程已經愈來愈現代化，師傅的專業級刀功，以及鴨製品的種類繁多、菜色豐盛，都使它成為有特色的地方名菜。將北京烤鴨譽為天下美味，並不為過。

慕田峪長城

「不到長城非好漢！」來到了北京，當然要走一段長城。攤開北京市地圖，才知道長城早已若斷若續。東北角的金山嶺長城，聽說保存得較完整，頗具古意。西郊的八達嶺長城，聽說城牆較高大，交通方便，遊客最多。帶我遊長城的好友是中國社科院的地圖學專家杜瑜弟教授，他不去這兩處，一古腦兒驅車直上正北郊懷柔縣境內的慕田峪長城。他說他也沒來過，但是就知道這裡好。

我們來的季節是初冬，草枯木黃，沿路白楊樹筆直光禿，蕭瑟景象，卻有另一番風味。路上晨霧彌漫，陽光初露，來到山腳下時，望見長城若隱若現，藏身在層層山巒中，有幾分靜謐清幽的感覺。

從山下往上爬，走走停停，約莫一兩個鐘頭。四百多個臺階，說累不累，就是陡了些。大地已覆蓋冬衣，城牆上的泥土磚卻被曬得有些溫暖。想像得出這裡陰陽割分曉，四季分明，風情萬千。整段長城活在山嶺林木掩映的植被區內，當春天草木欣欣向榮時，會是多麼美麗！

慕田峪長城是朱元璋麾下大將徐達在北齊長城基礎上督造而成，是明代最早完工的長城。城牆上視野遼闊，步道整齊而乾淨。烽火臺一個接一個，往遠處的山頭望去，也有許多烽火臺矗立在更高的山巔上，可是已經看不見連綿不絕的城牆。長城依山勢而建，近看遠望都不是一直線，而是分岔錯綜且不規則的山稜線。這裡的山頭高聳，脊背尖尖窄窄，才走那麼幾步路，就建造一個角樓，藏些兵器；再走幾步路，又建造一個瞭望臺，俯瞰前線。厚磚牆，矮城垛，拱形窗洞外，立著三兩尊殘存的古炮。從洞口外望，壁立千仞而荒煙蔓草，敵兵若要仰攻而上，難度很高。

群山層巒疊嶂，長城蜿蜒其上。蜿蜒不盡的步道，可以連接到那些還沒有修復好的「野長城」，通向更高的山嶺，通向不可知的疆界。原來大漢帝國的天威，正是由代代數不盡守城的士兵，餐風露宿，日曬雨淋，甚至不辭風雪凜冽，在孤寂艱苦中換來的。而今看不見士兵，卻依舊看得見河山的壯麗，想像得出守城的莊嚴。

慕田峪長城，過去守候著京畿的安全，而今享有「萬里長城慕田峪獨秀」的美譽。

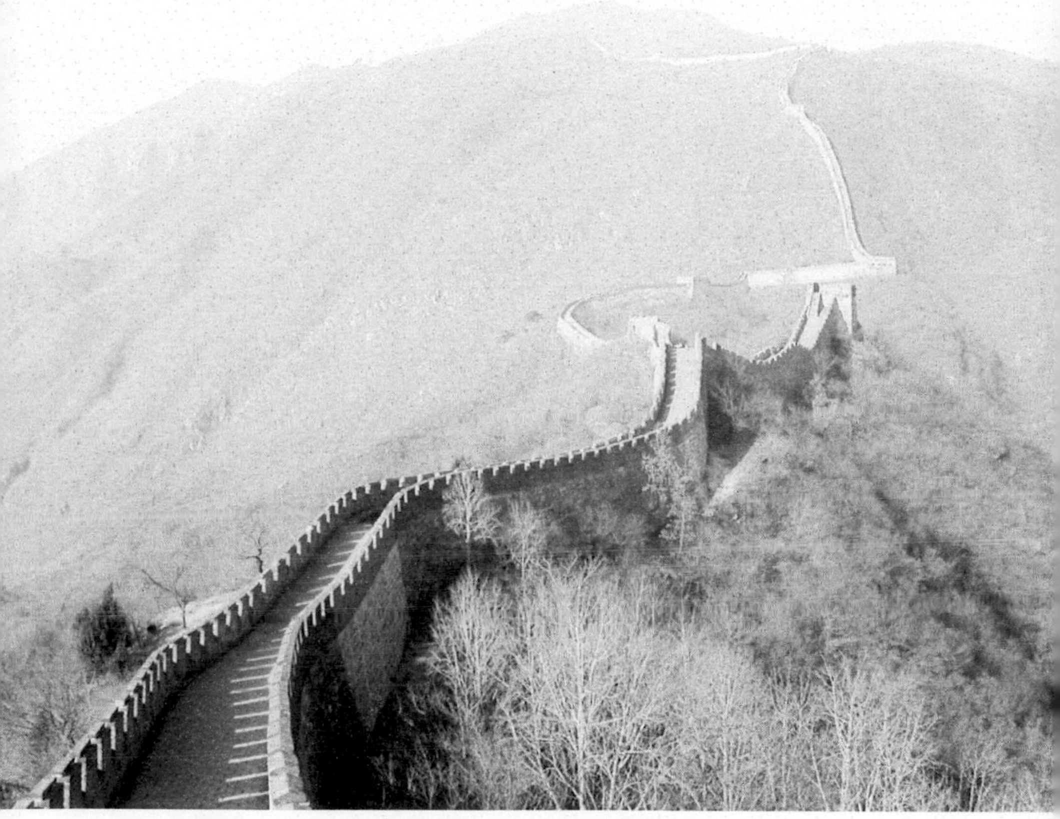

壯麗蜿蜒的長城。

天子駕六

西元二〇〇二年七月三十日，大陸考古人士開始挖掘東周王城廣場。兩年後的今天，就在原址——洛陽市的市中心，寸土寸金的土地上，造起一座大型博物館，它被命名為「天子駕六博物館」。

這裡原是座大型的「陪葬坑」，陪葬物以車馬為主，所以又稱為「車馬坑」，南北長四十二點六米，東西寬七點四米，葬車二十六輛、馬六十八匹、犬七隻、隨葬一人。車子呈縱向東西兩列擺放，頭朝南，尾朝北。其中一輛車駕馬六匹、八輛車駕馬四匹、十五輛車駕馬二匹。駕馬六匹的那輛車，車轅甚長，貫穿車座，車轅東側放三匹馬，側臥向東；西側也放三匹馬，側臥向西，排列整齊有序。可以想見，這六匹馬合駕著一輛車，侍奉著一位主人，正是當時住在東周洛陽王城的「周天子」。

這真是令人驚喜的大發現！怎麼說呢？自古以來，四匹馬駕一輛車就稱為一「乘」。東漢以下的學者始終爭論不休：天子的車駕與一般的建制有無不同？不論從車的大小，或是馬車夫駕馭的技巧來看，一輛車駕四匹馬都是合理的標準配備。因此許多學者主張，天子的車隊也是四匹馬駕一輛車，只是隊伍陣仗較大罷了。而今，因為「天子駕六」的出現，一切紛爭至此塵埃落定。

看著其他車輛的馬匹，也是兩兩相背，排列十分整齊。車座大多為方型，僅有一座為圓弧型，大概是女性的座位，應該是王后的車座了。車座形狀完整，車輪形狀完整，馬的骸骨也完整，想必馬匹是被殺後才依序擺放的。那些犬隻就零亂不堪了。有的死在車座下，有的高掛在牆上，頭上還被一顆大石頭壓住，猜想牠是活生生地被推下去陪葬，企圖逃走而遭此橫禍吧？

洛陽是東周帝王府所在地。這座宏偉壯觀的遺址，聲勢浩大的陪葬隊伍，代表著當年華夏文明的輝煌。走出博物館，望著廣場外浮雕著「天子駕六」幾個大字，「車轔轔，馬蕭蕭……」的大陣仗景象，頓時浮現起來。

鐵塔非鐵

開封是宋朝的古都，「清明上河圖」繪製的繁華景象，長留心田。而今這裡不再有京城的繁華面貌，河南的省會也從這裡遷往鄭州，甚至於比不上另一個古都洛陽來得有建設。說開封是個落後殘敗的古都，給人三級城市的觀感，並不為過。

開封城滿街都是輕型摩托車，這是一種人力踩踏加上一個電瓶動力的小車，也有人改裝成三輪車，或是有簡易包廂式的載客車，當然要收費的。一個城市文明水準的高低，看他們的交通狀況就能略知一二。這裡車型種類混雜，橫越馬路，爭先搶道，所在多有，而物價卻是出奇的低，計程車繞城區一大圈不過人民幣十五元，折合臺幣約七十元；換乘電瓶載客車就只要人民幣兩元，生命安全可要自己多擔待些了。

遊開封城有老三樣、新三樣之說。老三樣指的是鐵塔、大相國寺、龍亭；新三樣指的是延慶觀、清明上河園、開封府。前三樣是宋代的古蹟，延慶觀是晚近完整挖掘出土的文物，最後兩樣則是今人另擇地點、依照圖畫，重新設計出來的「新」古蹟。說穿了，就是人造的假古蹟。但是大陸人多，眾人趨之若鶩，以一般民眾的文化程度來說，看看這些也很有意思，或許不出百年，這些地方都會成為觀光客必看的旅遊景點。

以我個人來說，最欣賞的就屬鐵塔。

鐵塔由褐色琉璃瓦磚築成，外觀顏色看起來像生鏽的鐵鑄造而成。它是開封最古老的建物，保存得最完整的一座。來鐵塔的遊客並不多，清晨時分尤其少。從前門走來，有個石碑，上面寫著「天下第一塔」五個大字，集北宋書法名家米芾的行書而來。走沒幾步，有蘇州園林的味道，原來北方人也喜歡江南味嗎？兩旁梧桐樹高聳，而後有花園和寬敞的步道，遠方的鐵塔宏偉的矗立在眼前。

細看這座鐵塔，八角形，有十三層高，每一層有兩重簷瓦，不避繁複的建築手法，出自當年的匠心獨具。靜觀塔身，外牆的琉璃瓦磚十分整齊，簷角微微揚起，當年應該還有些裝飾。牆面上的浮雕佛像有些剝落不全了，下層刻畫的佛經故事也已經漫漶不清，益發顯得古樸可愛。這座鐵塔建於北宋仁宗皇祐元年（西元一〇四九年），為了供奉佛教始祖釋迦牟尼佛舍利而建，名為開寶寺。這時天下太平，百姓安居樂業，名臣大多外放，只有包拯人在開封，上書諫阻仁宗皇帝任用外戚張堯佐，以及奏請減賦稅之事。

塔內階梯狹窄，只能容身一人拾級而上，只是愈走愈矮，光線愈來愈暗，內壁周圍隨處可見不少佛像和偈語。塔身南向有窗，窗門緊閉，彷彿若有光。我無法走上塔頂，一片漆黑，伸手不見五指，彎曲的仄徑不能通幽呀！回國後不久，聽說寶塔已經不再開放參觀了，又聽聞師母祁素珍女士說起，鐵塔曾經是她幼兒時期捉迷藏的地方。鐵塔建成至今近一千年，更名為福勝院。物換星移，未來能進去參拜遊玩的人恐怕不多了吧？

壞事變好事

大清早從孟州出發，趕赴鄭州機場，沒想到昨夜一場大雨，機場附近的地下道積水不退，車子繞行遠路，竟然耽擱了時間，趕不上班機。我衝入閘門，拿出證件，機場櫃臺小姐還在，卻是冷冷的一句話：「先生，你來晚了。飛機走了。」

「班機不是九點起飛嗎？現在是八點四十分呀？」

「對不起，現在不能辦手續了。」

「為什麼？」

「你看那邊，武警都走了，沒人做檢查。」

我向裡邊看，檢查哨空蕩蕩的，武警真的走了。回頭一看，閘門口還站著一個警察。他的表情木然，一副事不關己的樣子。

「可以改搭下一班嗎？」

「今天只有這一班。」

「那機票怎麼辦呢？」

「哦！你趕快去南方航空的櫃臺，在那一頭，九點以前都可以換。」

於是我只好「抓緊」時間，又跑到大廳的另一頭，詢問換票事宜。「對不起，這是國際線的票，我們沒辦過，你要到鄭州市的總公司去換。」我已經跑的上氣不接下氣，到處亂撞亂問，始終不得要領。沒辦法，只好打電話給送行的河南省社科院張清華先生，請他幫忙，他是新任的「韓愈研究會」會長，今早和孟州市的宣傳科長，同車送行，送我這位從臺灣遠道而來的學者。

他們的座車已經上了高速公路，到了下一個交流道口再折回程，又是半個鐘頭。我實在過意不去，已經麻煩人家好幾天，現在又出狀況。上車不久，商量好先去換票，張會長頻頻安慰我：「今天走不成了。如果你不嫌棄的話，可以住我家。別擔心，下午我陪你走走，在鄭州多留一天，壞事會變成好事呢！」

他的人生閱歷豐富，金口一開，我的心情稍稍平復下來。思緒還是不停的起伏，想起剛才那陣忙亂，心裡五味雜陳。原定今天回家，就是不能如願；就好像親人在你眼前，硬生生的被拆散開來。這種感覺，形容不上來，只覺得全身肌肉緊繃，而且酸疼。

中午，我們吃了一頓餃子宴。打電話回家報平安，強作鎮定而已。下午，我們參觀博物館，會長先生順道訂好明天去機場的計程車，又買了件衣服送我。心情逐漸平復下來。晚上，品嘗美味的八寶粥，配上很道地的家常菜。看著電視新聞，說得正是今早一場大雨，造成機場附近積水的罪魁禍首。

第二天我們起了個大早，提前到了機場。我小心翼翼的出示證件，心情還是很緊張。坐上飛機，我還在注意飛機啟動了沒？啟動了，真的起飛了。這才放鬆心情，很驚訝的發覺一件事：時間是八點五十分！原來飛機進入停機坪後，也可以提前起飛呀？

昨天此時此刻，多麼倉惶失措？而多留鄭州這一天，卻受到非常真摯誠懇的款待，心底由衷感謝清華先生的盛情，好久，好久。

輯五

亞洲・香港 柬埔寨 泰國 馬來西亞 新加坡

香港／吳哥窟／曼谷／丁加奴／新加坡

第一次出國是經由香港前往深圳，那時香港還是英國的殖民地，深圳還是中共的特區，都是大陸人民需要經過重重申請才能前去的地方。後來香港湧入大量旅客，啟德機場還建到大嶼山機場，世界正在改變。或許有些地方不想改變吧？吳哥窟的文化景觀、樂浪島的天然美景，是否依舊安然無恙？姑且用筆為當年狀態留下一點紀錄，讓讀者看看過去它們是什麼樣貌吧？「後之視今，亦猶今之視昔。」

香江夜景

香江之美，以夜景為勝。

那年冬天，大學同學阿雲帶我們上太平山賞夜景。我們乘坐纜車上山，車子一站一站的往上爬，沿途綠葉成蔭，好不愜意！到了山頂，果真視野很好。這兒可以看到遠方地面上的螢火點點，車水馬龍，不停地鑽動；也可以看到萬家燈火通明，高樓大廈依山而立，燈光或暈黃，或銀白，甚而搭配著五彩繽紛的霓虹看板，光豔照人，美不勝收。

幾天後，再一次見證了全島的美麗。原來，這座島嶼有山有海，屋舍麇集。當我們離開香港時，從機艙向外望去，光源從平面到立體，散布在天幕間，構成絕美的圖畫。香港燈火的美，美在她的密度高，光度集中，很有立體感。

我常常往返於香港、臺北間，也曾在好心的空中小姐幫忙下，引頸翹首，仔細探勘臺北的夜景。空中可以看到圓山飯店、淡水河，還有一條蜿蜒的高速公路，它很像一條光束，在大地間遊走。臺北的夜景不如香港那般繽紛燦爛，但我常常在想，假以時日，臺北或許也趕得上香港吧？

然而，我的幻想落空了，尤其是在香港機場遷到大嶼山之後落空了。

今年春天，我又從香港飛回臺北。一如往常，我從機艙向外望，以目光送別香港。當機頭逐漸爬高時，我看到地面上，——哦，不，應該說是海平面上，出現了一串串的珍珠項練。那是香港本島之外的一些小島。他們隨著新機場公路的開發，修路，架橋，把這些漁村小島全都連接了起來。環島公路上的路燈，像一條小項練，小項練連結起來一顆顆的珍珠般的小島，再串起許多小島，就成了一條長長的大項練。這般景象最美的地方，尤在於金色光芒鋪設在一大片黑色毛絨絨的地毯上。夜色寂靜，海面上星光點點，沉默的陪伴著我們：一群即將告別香港的旅人。眼中看著耀動的星光，心靈忽然清澈澄淨起來。

香江之美，可以熱鬧繽紛，也可以寂靜安詳，夜景訴說了我的心情。

玩蛇的女孩

通里薩湖是中南半島第一大淡水湖，湖水面積隨著雨季而變大、隨著旱季而變小，周邊住著來自越南或柬埔寨的窮苦人家，終年與沼澤、叢林、莽原為伍。

生活在湖水邊的小孩，脖子上掛著一條蛇。這條蛇從水中抓來，很小就開始飼養，蛇和小女孩已經共處了十多年，成為她的玩伴。養蛇做什麼用呢？小女孩狡黠的眼神指著你說：「要不要和蛇照相？美金一元。」這是她現在的生活方式。

旁邊站著一位懵懵懂懂的小妹妹，她不知道生活的艱苦，眼神望向不知名的未來。

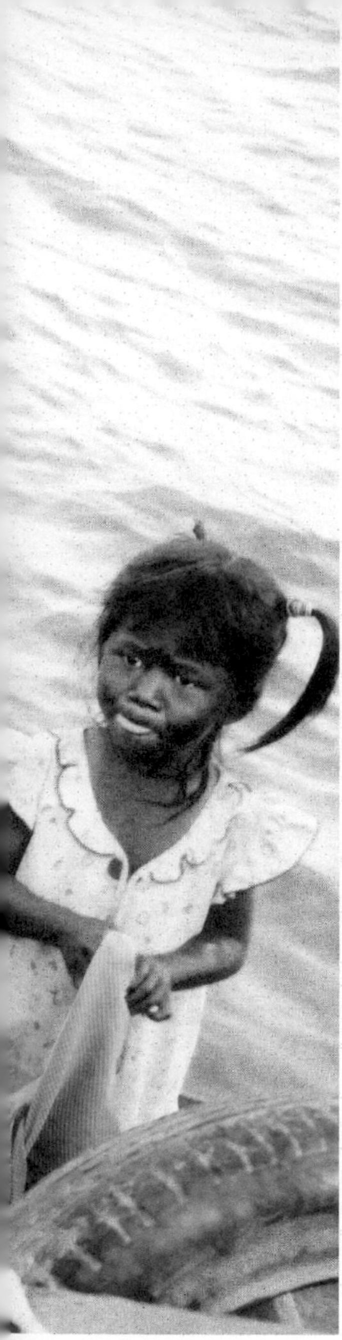

玩蛇的女孩。

過自己的生活

柬埔寨舊稱高棉，「吳哥窟」是當地最富盛名的古蹟群。

當我們來到羅洛士遺址群的卜力茵廟（preah ko）時，看到的是一片荒涼的景象。這座廟宇建於西元八八〇年，又稱作神牛廟，建築實體用紅磚砌成，是歷史悠久的早期建築代表作。而今，隨著紅磚的剝落，顯得殘破不堪，整修的工作持續進行中，遊客也十分稀少。

古蹟群聚集了許多向觀光客兜售貨品或是直接乞討的小朋友。他們隨時隨地用腔調不準確的國語讚美你：「姐姐漂亮」，又說些夾雜中文、英語的會話：「give me糖果。」給他們什麼都好，零錢、糖果、草帽、鉛筆、簿本……統統可以。拿到物品之後，小弟小妹們常常會把物品轉交給哥哥保管，然後再走向另一堆人群。

這次在卜力茵廟旁的一個角落，我看到兩個小女孩享用他們剛才獲得的「戰利品」。她們坐在石槽內，不知道石槽是古蹟，也不知道古蹟有什麼價值；她們只知道可以享用眼前的一切，吃糖果，喝水，不必把這些物品交給其他人。後來我才知道，廟的對面有一所孤兒院，收容許多沒有父母以及家庭經濟不好的小朋友。

眾生平等，不論他們信仰什麼，都應該可以獲得自足美好的生活。

卜力苟廟旁的小女孩。

不是歪歪人

牆上掛著一幅畫，那是在泰國曼谷湄南河邊的水上市場買的。

那天清早，船在水面上迤邐而行。河面寬廣，沒有多少船隻，只見兩三位婦人在水邊洗衣，或是洗澡。為了讓我們多看些風景，船兒多繞了些路，常貼近岸邊行進。

不多時，我們來到了水上市場。這兒賣吃的、賣玩的，還有許多叫不出名字的土產。我和淑芩來到一間藝品店，想不到這間水面上搭出來的小店鋪，也能擺出琳琅滿目的東西。我們隨意走走，把玩著許多美麗飾品，就在同時，被牆角上的一幅畫吸引住了。這是一幅木刻畫，構圖很簡單：以四艘船為主體，幾乎占滿了全部畫面，再點綴一些碼頭、船夫、船上的貨品，畫得正是眼前湄南河的水上風光。整幅畫用雕刻的刀法，刻出船上的桅杆、遮陽傘、船夫的斗笠，甚至於碼頭上的木板，然後套上鮮豔奪目的色彩，遮陽傘上方都灑了些金粉，朝向同一個方向，光影顯然由上而來。

店家主人走了過來，約莫是個二十來歲的小姐。她用生硬的國語，加上「八」的手勢，告訴我們這幅畫值泰銖八百元，差不多也是臺幣八百元。我仔細端詳這幅木刻畫，再次欣賞線條色彩之美，心底想著：到底該用多少錢買下它呢？不會殺價的我，在這言語不通的國度，真不知該從何殺起？這時候，看著她手腳俐落地包裝這件「商品」，開始懷疑自己是不是太笨了，連殺價都不會？剛才如獲至寶的感覺慢慢地消失中。

付賬時，她找給我很多錢，只收了我兩百元。

她吃力地用國語對我們說：「因為你們看起來不像生意人，更不是『歪歪人』。」接著她手掌併攏，作出船隻在水面上東倒西歪蛇行的樣子，表示這就是「歪歪人」不守正道的作風，而我們不是。聽完她的解釋，我才知道她的祖先來自潮州，幾代之後，還保有潮州的俗語。

而今這幅畫好端端地掛著，材質、色調依舊完好。每當我望著這幅畫時，總會想起比畫「歪歪人」的手勢，以及一份很好的心意。

水晶沙灘

旅遊景點常取個好名，用以招徠遊客，香格里拉、綠野仙踪皆是。今天來到這個地方，還沒有響亮的名號，同行的遊客都喜歡稱它：水晶沙灘。

這片沙灘位於一個心型島嶼的正北方凹處海灣內，只有飯店住客獨享。走在沙灘上，踩的不是貝殼沙，而是不知歷經多少歲月，經由大海波浪沖積珊瑚而成的珊瑚沙。珊瑚沙不吸熱，豔陽高照的午後，踩在上面不燙腳，甚至腳底傳來清涼的感覺。珊瑚沙潔白而柔細，掬起一坏，立即從指縫間流走，或是隨著清風飄散。

沙連水，水連天，連接到海天的盡頭。一大片白皙的沙岸向海中平緩的延伸下去，沒有礁石雜質，清澈見底。一直向前走，走著，走著，水深及腰，及胸，及頸，那麼純淨透明的海水，就在自己的身旁四週，踮起腳尖，真想再多走幾步。反轉個身，就從這裡往回游，水波助我游向岸邊，游來一點也不累。

天很藍，山很綠，水更是汪汪青碧。我駕起獨木舟，划槳去也！剛開始只在岸邊划，螃蟹躲藏在水草間，魚群聚游在川流裡，幾乎垂手可得。只因波浪拍打山壁，又折回激起浪花，船兒擺蕩的令人心慌，不敢久留。後來駛向水中央，漸行漸平穩，心情為之舒坦。來到更深處，才發覺水底沙面長滿了一條條的細紋，不規則的波浪形，又是規則的排列成地圖的等高線般。這個新發現讓我驚奇不已。想想，原來是水太純淨清晰，數公尺深亦清澈透明，再加上水中央沒有岸邊的潮來汐往，因此得見一幅寧靜的水底細紋圖。

遠望四方，看不盡的視野遼闊，天地間只有藍、綠、碧綠，點綴些烈陽下閃閃發亮的水光白浪，構成絕美的風景。天地本色就是這麼一大塊一大塊的。徜徉在這麼純樸未開發的處女地，忘了時間的存在，也忘了自己身在何方。

這一大片水晶沙灘，因為它的純樸絕美而與眾不同。當我們離開這裡時，女兒紹容裝起一瓶珊瑚沙作紀念，我則對著沙灘狂喊：「樂浪島，你真的好美麗哦！」

第一次浮潛

人生常有許多第一次，而且帶有冒險精神。

今天，快艇引領我們奔向大海。同船的小伙子們，個個頭髮飛揚，映照在碧海藍天下的波光倒影，正為此行揭開了美妙的序曲。五分鐘左右，船停在一個美麗的小海灣，愈接近岸邊，魚群愈多，大家一同驚呼起來！

「這裡有魚！」

「這裡也有！是彩色的吔！」

小伙子們躍躍欲試，急忙穿上救生衣，猛力向晶瑩剔透的海中跳下去。而我，看著流動的海水，心生畏懼。人的年紀越大，是不是就越膽小了呢？以前也敢跳水的，現在看到流動的海水，反而覺得波光粼粼，碧綠、透明而又被水花沖破的美麗，帶有幾分詭異的感覺。魚再多，我也不敢下水。

船行駛不久，又停在一個美麗的小海灣，這回水更深了。我問了一下導遊：「浮潛的地方是不是水越來越深？」得到的答案是肯定的。唉！真後悔剛才沒下水，這回下定決心，一定要下水了。

第一次戴上蛙鏡，咬住呼吸器，還不太習慣。慢慢地把身體水沉下去，開始游離船邊。才游了十公尺，馬上折回來。天啊！咬住呼吸器真不好受，要用力咬緊，完全用口呼吸，一呼一吸之間，很快就離開同伴，恐懼感立即陡升。平常游泳時，累了就讓自己閉一下氣，順勢在水中漂浮；而現在因為恐慌，只會一直吸氣，反而漸行漸遠了。

回到船上，想想剛才的經歷，覺得恐懼真的是自己造成的。原本會游泳的呀！去年暑假還和女兒在游泳池比賽過的，現在她不是玩得很盡興嗎？

等到女兒回到船上，我告訴她還是不敢游向大海的事。她，依舊十足快樂的表情，很高興的對我說：「有救生衣，想沉下去還不容易呢！」

船繼續行駛，第三度停在一個美麗的小海灣，這回水更綠了。我鐵下心、鼓足勇氣，拼了！我試著撥動水，用腳蹬水，身體長高了些，心情也篤定了些。看見很多彩色魚，不小心踢到珊瑚，也看到海底長滿了翡翠珊瑚，個個顏色鮮豔，活潑好動。我可以自然呼吸了，停在水面上觀察許久而不自覺。不知從何時起，我也和大家一樣，手上拿著一塊吐司麵包，開始餵魚，享受著眼前魚兒爭食的樂趣。

第二次浮潛

這不是「一回生，二回熟」的事情，實在是海底世界千變萬化，讓人再次冒險仍然會心裡發毛。

昨天才學會浮潛，今天快艇又帶領我們來到另一座國家海洋公園。馬來西亞有三十八座海洋公園，樂浪島就有七座，屬於生態保育範圍。眼前這座公園並不大，天然、原始，而且近乎簡陋，二百公尺長左右的海灘，被水上浮球線圈起來而已，禁止釣魚、採珊瑚，也禁止重度的水上破壞活動，如香蕉船、水上摩托車之類。也因此，就在靠近岸邊幾步路的地方，歷歷可見魚群和活生生的珊瑚礁。

海水很清澈，可是海底坡度陡，我只敢沿著岸邊游。慢慢游完一直線，已經發覺海底不平，時淺時深。深的地方正是一個大凹洞，白沙沉澱在下，魚群多在那兒優游，可是腳不搆到地，「可遠觀而不可褻玩焉」。

沿著岸邊游，終究意猶未盡。我預期海中天的世界一定更好玩，於是選擇坡度較緩的地方，向中間游去。慢慢地，魚兒變多了，大小都有，色彩紛呈，鮮豔而繁複。魚兒並不怕外來客，當我游到水中央時，牠們紛紛來搶食，甚至直接以我的手指為目標。有時被魚兒猛撞一下，是利齒？還是硬頭殼？有時我也會觸碰到魚，是魚尾？還是魚鰭？來到水世界，許多事物變得看不清了。

我試著把手伸向水底，總是搆不到珊瑚。孩童們在水中抓魚，他們用泳帽，或用空瓶，躡手躡腳地等待魚兒游近，想來個一網成擒，總是在即將手到擒來的那一刻，魚兒一溜煙似的逃走了。

側身看見一些大朵的「靈芝」珊瑚，是從水底向上生長的珊瑚礁，層層疊疊，圓圓雲朵似的，橫面恣意伸展著。我小心翼翼地用腳輕觸它一下，驚奇地發現牠像個硬石片。身旁四週有成群的白珊瑚，其中夾雜著一些綠色的翡翠珊瑚，牠們也是活的，點綴在波光水影間，十分美麗。珊瑚其實很脆弱，萬一不小心被踩斷，就失去了生命。

玩了一整個上午，從水中央再游回岸邊，走了一趟三角形。終於有人抓到魚了，仔細觀察後，再放回去。孩童們玩累了，開始撿貝殼、撿珊瑚，但把玩得再久，還是得再放回去。大夥兒都知道，這裡是魚的世界，屬於海，生於斯，老死於斯，牠們有優游自在的生活空間。

馬來亞婦女

一下機場，看到許多回教徒女性前來接機。她們個個盛裝，攜兒帶女同來，接機的對象顯然都是男性，或者說是一家之主的男人吧？後來我才知道，男人剛從聖城麥加朝聖回來，通常是家中的父親或是長子，才有這個特權能出國遠行。

這裡是丁加奴（Terenggan u）州，位居馬來西亞的馬來半島的東北部，地圖上屬於十分保守傳統的回教板塊。據說此地居民絕大多數信奉伊斯蘭教，不喝酒，不吃豬肉，沒有電影院、卡拉ＯＫ式的娛樂生活。也因為特殊的生活方式，這裡的華人人口占不到百分之一。

他們遠到中東沙烏地阿拉伯的麥加城朝聖，對一生的宗教信仰來說，具有重大的意義。他們到那兒吃苦，少則一週，多則十天以上，連續不斷地從早到晚不停的膜拜，不眠不休，很辛苦地表達內心最大的虔誠與敬意。以他們的收入來說，月收入二、三百元者比比皆是，而麥加城十天的生活費動輒上萬元，相對是很昂貴的。不少人借貸度日以求此千里迢迢之行，當然也有人終身望洋興歎。

這並不公平。我們看到有錢人可以直飛聖城，回來後，可以戴上白色圓形帽，成為受人尊敬的長老。而那些窮人是不可能因此成為長老的。於是年長的老先生，向著戴白帽的小男孩畢恭畢敬的行禮，在此地屢見不鮮。又因為家庭因素，男性有成為長老的機會，而女性只可以在重要場合著盛裝，衣著色彩可以鮮豔美麗，卻不代表身分地位。

當我回到馬來西亞首都吉隆坡時，面對的是一個五光十色的新興都會生活。這時候的馬來亞婦女呢？她們依舊戴上頭巾，全身披上長袍，有些年輕少女改穿洋裝，有些稍稍改換了衣著款式，不過，一看還是知道她們是馬來人。我曾看過一位馬來亞婦女，她的頭巾裹住臉龐，露出自在安詳的眼神。當她吃飯時，一手掀起罩巾，一手進食，舉止從容而優雅。可是我還記得，在丁加奴州吃自助餐時，不論男女老少，一律用右手抓飯吃，把白飯攪和在咖哩汁裡，真是快樂的享受。千萬不能左手哦！因為那是用來處理穢物的。

馬來人占了全國人口百分之五十八，一出生下來就屬於伊斯蘭教徒。「伊斯蘭」在阿拉伯語是「順」「安」的意思，順乎主而獲得平安，因此外力不能干涉、侵入人的內心。我看到他們在傳統社會和都會區不同的生活方式，以及尊卑、男女兩性的不公平現象，但是這些都不影響到他們的心靈世界，宗教力量帶給他們逆來順受的能耐，也帶給他們安定自適的生活環境。

虎豹別墅

來到新加坡，意外地聽到了一則故事。

從前有兩兄弟，哥哥名叫胡文虎、弟弟名叫胡文豹，他們從緬甸仰光來到新加坡，懸壺濟世。濟世救人的名聲越來越好，中藥舖的生意也越來越興旺，於是把祖傳的中醫藥方，製成各式藥粉、藥膏、清涼油，對外銷售，其中「虎標萬金油」大賣特賣，風行於世，從此過著富甲天下的日子。

哥哥文虎聰明又有膽識。當他決定研製藥品時，家中積蓄不多，全賴母親和弟弟大力支持。藥品開發出來後，決定以哥哥的名字為商標，卻又面臨銷售不出的窘境。於是文虎把自己的汽車車頭改裝成「虎頭」，車笛聲也模仿成老虎狀，挨家挨戶叫賣時就發出逼真的「吼！吼！」虎嘯聲，引人注意。這輛車現今還擺放在「虎豹別墅」展示。

其實，兄弟倆的父親早逝，大哥文龍也早夭，小時候與母親相依為命，過著一貧如洗的日子。那段刻骨銘心的歲月，醞釀出兩人深厚的感情。文虎孩提時只讀過四年書，為了經商而奔走四海期間，把弟弟留在仰光。等到他事業發達以後，不惜砸下重金，在新加坡蓋起這棟豪宅，讓至親家人安享太平歲月。無奈事與願違，二次大戰爆發，日軍攻下獅城，文豹只住了兩年，又匆匆逃回仰光，不久因病去世。這期間哥哥避亂於美國，縱有萬貫家財，卻與親人聚少離多，情何以堪？

弟弟文豹死後，文虎不忍睹物思人，拆毀了別墅建築。他再把「虎豹別墅」捐給政府，成為休憩場所。後來他不斷地樂善好施，捐資興學、贊助醫院，到處以「虎豹」合名，在中國、香港和東南亞留下許多圖書館、體育館、科學館、游泳場、紀念亭、花園……

這裡的虎豹別墅依山傍海，獨據山頭，風景秀麗。園中立有「虎豹別墅」的牌坊，以及思念父母親的高塔，「中華民國四十四年四月四日」所立。這是座沒有別墅的「別墅」，卻充滿著父母兄弟情感深摯的至親之情。

作者自訂年表

民國四十七年十二月，出生於臺灣省桃園縣桃園鎮大樹林。不久即被外婆帶到屏東縣內埔鄉義亭村檳榔林生活，直到六歲就讀小學前常寓居於外公家。

民國五十年三月，二弟基正出生。

民國五十一年至五十二年間，因母親工作之便，就讀桃園鎮大秦紡織廠附設幼稚園。

民國五十三年八月，媽媽自苗栗縣公館鄉領養一個女孩，小我三歲，此後我多了一位妹妹玉琴。九月，就讀桃園鎮建國國民小學，開學當天由外公帶入校園。

民國五十九年七月，建國國民小學畢業，成績優異，獲頒「勤勞獎」。旋即在建國國民小學陳善鳴老師輔導下，全校共計十二位同學一起考入桃園縣私立振聲中學初中部。九月，就讀振聲中學初中部，三弟基宏出生。

民國六十二年六月，振聲中學初中部畢業，七月，因參加臺北區公立高中聯合招生考試失利，只得回頭再考私立振聲中學高中部就讀。

民國六十三年學年度下學期，班導師夏克馨先生指定為全校模範生。

民國六十五年六月，獲孔孟學會高中學生組論文競賽佳作獎。七月，振聲中學高中部畢業，成績優異，獲頒「群育獎」。同月，參加全國大學聯合招生考試，獲錄取至國立臺灣師範大學國文學系就讀。

民國六十九年六月，獲孔孟學會大專學生組論文優等獎。七月，臺灣師範大學國文學系畢業，八月，分發至苗栗縣立通霄國中白沙分部擔任實習教師一年。

民國七十年九月，就讀臺灣師範大學國文研究所碩士班。

民國七十三年七月，取得臺灣師範大學文學碩士學位，碩士論文：《孟子散文研究》，王更生教授指導。九月，就讀國立臺灣大學中國文學研究所博士班。

民國七十四年八月至七十五年七月，私立四海工業專科學校兼任講師。同年八月至七十七年七月，中央警官學校兼任講師。

民國七十六年八月至七十七年七月，國立清華大學中國語文學系兼任講師。同年八月至八十年七月，臺灣大學中國文學系兼任講師。

民國七十七年三月，與洪淑苓小姐結婚，邀請臺灣大學中國文學系曾永義教授證婚。

民國七十八年二月，學術論文〈《孟子》與《史記》之關係研究〉獲教育部青年研究發明獎研究著作類社會青年組佳作。

民國七十九年一月，出版《明德慎刑——中國的法律》，臺北：幼獅文化事業公司。六月，長子紹剛出生。

民國八十年七月，取得臺灣大學文學博士學位，博士論文：《韓歐古文比較研究》，羅聯添教授指導，此書獲國家科學委員會一般甲種獎勵補助。八月，應聘國立嘉義師範學院語文教育學系副教授兼實習輔導處實習組主任一年。

民國八十一年三月，長女紹容出生。八月，應聘國立臺北師範學院語文教育學系副教授兼實習輔導處實習組主任一年。同月，大伯父王雲鑑先生將老奶奶自山東省黃縣老家接來臺灣。

民國八十二年八月至八十五年七月，續任國立臺北師範學院語文教育學系副教授。

民國八十三年七月至九十五年八月，與洪淑苓一同出任國語日報社《古今文選》專欄主編，期間陸續出版《古今文選》精裝本第十三集、十四集、十五集，臺北：國語日報社。

民國八十四年十二月至九十四年八月，在封德屏主編的邀約下，開始為文訊雜誌社「書的世界」專欄撰寫書評。

民國八十五年六月，出版《韓柳古文新論》，臺北：里仁書局，此書獲國家科學委員會一般甲種獎勵補助。八月，教育部通過升等教授論文審查，改聘國立臺北師範學院語文教育學系教授。

民國八十六年至九十二年，考試院公務人員高等暨普通考試典試委員，主試「文化行政」。

民國八十七年八月至八十八年七月，私立世新大學中國文學系兼任教授。

民國八十八年七月，指導國立臺北師範學院研究生劉雪芳撰寫碩士論文：《全語文教師運用故事教學之個案研究》。八月，與洪淑苓合著出版《四史導讀》，臺北：臺灣書店。

民國八十九年三月，次女紹潔出生。

民國九十年三月，在曾永義教授的邀約下，開始為國語日報社「人間愉快」專欄撰寫散文。九十年八月至今，應聘國立臺灣師範大學國文學系教授。九十年八月至九十三年一月，國立臺北師範學院語文教育學系兼任教授。十一月，出版《唐宋古文論集》，臺北：里仁書局。

民國九十一年十月，祖母姜福厚女士去世。

民國九十二年五月，父親王雲鎬先生去世。九十二年八月至九十三年七月，私立中國文化大學中國文學系文藝創作組兼任教授。

民國九十三年六月，指導臺灣師範大學研究生陳美伶撰寫碩士論文：《〈中山狼傳〉文藝美學研究》。

民國九十四年一月至九十四年六月，中央研究院文哲研究所國內短期訪問學人。

民國九十五年一月至九十六年十二月，中國唐代學會秘書長。九十五年五月，應熊禮匯教授之邀請，前往中國武漢大學講學一個月。六月，與張雙英教授聯合指導政治大學研究生謝敏玲撰寫博士論文：《韓愈之古文變體研究》。同年八月至九十六年七月，荷蘭萊頓大學漢學院交換訪問學者。

民國九十六年至九十八年度，高等教育評鑑中心大學校院系所評鑑委員。九十六年七月，與陳芳明教授聯合指導臺灣師範大學研究生朱芳玲撰寫博士論文：《被壓抑的臺灣現代性——六〇年代臺灣現代主義小說對現代性的追求與反思》、指導研究生江如玲撰寫碩士論文：《高中文言文教學與作文訓練之研究》。同年八月至一百年一月，私立華梵大學中國文學系兼任教授。

民國九十七年六月，指導臺灣師範大學研究生李純瑀撰寫碩士論文：《柳宗元與蘇軾山水遊記研究》。

民國九十八年一月至一〇二年十二月，《師大學報・語言與文學類》主編。六月，指導臺灣師範大學研究生楊子儀撰寫碩士論文：《歐陽脩建物記研究》、指導沈秀蓉撰寫碩士論文：《王安石文風轉變特色之研究——以中晚年文章為討論中心》。同年八月至九十九年七月，國立臺灣師範大學國文學系、國際漢學研究所合聘教授兼國際漢學研究所所長。同年八月至一百年十二月，教育部國民小學國語文教科圖書審定委員會委員。

民國九十九年六月，指導臺灣師範大學研究生趙鴻中撰寫碩士論文：《歐陽脩序跋文研究》。七月，指導臺北市立教育大學研究生游坤峰撰寫碩士論文：《劉克莊序跋文研究》。

民國一百年六月，指導臺灣師範大學研究生李昭英撰寫碩士論文：《曾鞏序跋文研究》、指導蕭艾伶撰寫碩士論文：《歐陽脩的時間意識與古文書寫之研究》，八月，指導楊茹蕙撰寫碩士論文：《出新意於法度之中：蘇軾建物記的時空、文體與美學》。

民國一〇一年二月，應藍碁教授（Rainier Lanselle）之邀請，前往法國巴黎第七大學──狄德羅大學（Université Paris Diderot-Paris VII）專題演講。同月，主編出版《國語文教學理論與實務的多元探索》，臺北：五南圖書出版公司。六月，指導臺灣師範大學研究生張家菱撰寫碩士論文：《曾鞏散文接受史變遷研究》、指導林佑澤撰寫碩士論文：《歐陽脩山水詩研究》。

民國一〇二年六月，指導臺灣師範大學研究生韓文傑撰寫博士論文：《「無」與「空」：以嵇康與大乘佛教的音樂觀為討論中心》。

民國一〇三年六月，指導臺灣師範大學研究生林玄之撰寫碩士論文：《歐陽脩古文典範地位形成之研究》、許妙音撰寫碩士論文：《桐城吳闓生《古文範》研究》。

民國一〇四年三月至一〇四年八月，日本早稻田大學國外短期研究學者。六月，指導臺灣師範大學研究生江家慧撰寫碩士論文：《歐陽脩墓誌銘研究》、徐美加撰寫碩士論文：《檔案評量應用於國中國文教學之行動研究》，七月，指導政治大學研究生蔣宥萱撰寫碩士論文：《一個國中補習班作文教學活動設計個案的探討》；出版《國語文教學現場的省思》，臺北：萬卷樓圖書公司，此書獲臺灣師範大學「卓越專書獎」。

民國一〇五年三月，出版《宋代文學論集》，臺北：臺灣學生書局，此書獲臺灣師範大學「傑出專書獎」。六月，指導臺灣師範大學研究生廖本銘撰寫碩士論文：《韓愈、柳宗元、劉禹錫文本互動研究》、黃欣怡撰寫碩士論文：《《冊府元龜》編纂的歷史意義》、吳蕎安撰寫碩士論文：《洪邁的東坡閱讀經驗研究》。七月，出版《韓愈詩選》，鄭州：中州古籍出版社。

民國一〇六年六月，指導臺灣師範大學研究生羅羽淳撰寫碩士論文：《余誠《古文釋義》研究》、李純瑀撰寫博士論文：《蘇軾與北宋黨爭》。

各篇發表紀錄

到萊頓的第一天，《國語日報》九十五年十月十、十三日。
參加鄰家的party，《國語日報》九十五年十一月七日。
大孩子玩興正濃，《國語日報》九十八年七月九日。
小橋流水人家，《國語日報》九十五年十一月十七日。
遊船與划獨木舟，《國語日報》九十五年十二月一日。
美好的生活品質，《國語日報》九十六年三月三十日。
單車逍遙行，《國語日報》九十六年五月十五日。
幸福時光，《國語日報》九十六年九月二十五日。
萊頓城光復節，《國語日報》九十六年十一月六日。
秋風過後的驚喜，《國語日報》九十七年二月十二日。
萊頓新年煙火秀，《國語日報》九十七年一月一日。
大隱於市的修道院，《國語日報》九十六年四月十日。
生活的位置，《國語日報》九十六年二月二日。

鹿特丹的親切，《國語日報》九十五年十二月十二日。
新舊鹿特丹，《國語日報》九十五年十二月二十二日。
立體方塊屋，《皇冠雜誌》六三八期，九十六年四月。
風車磨坊，《國語日報》九十六年六月十二日。
堤防小孩，《國語日報》九十七年九月九日。
鐘樓應該有怪人，《國語日報》九十六年三月六日。
高唱凱旋歌，《國語日報》九十六年一月十九日。
向無名烈士致敬，《國語日報》一〇六年十一月一日。
羅浮宮印象，《國語日報》九十六年三月十三日。
我也喜歡蒙娜麗莎，《國語日報》九十六年三月十六日。
聖心堂的彌撒，《國語日報》九十六年七月十日。
街頭乞丐有得瞧，《聯合報》九十六年一月二十三日。
臺灣人的茶館，《國語日報》九十六年一月二日。
調色盤咖啡館，《國語日報》一〇一年三月二十七日。
火車臥鋪體驗，《國語日報》九十六年八月七日。
火車上的爭辯，《國語日報》九十六年十二月十一日。

跳水最樂，《國語日報》九十九年八月十九日。
鸞鱧佛朗明哥，《國語日報》九十六年十月十六日。
處罰學生的地方，《國語日報》九十六年八月二十一日。
辛苦的爸爸，《國語日報》九十八年八月六日、一〇一年四月二十四日。
小精靈的國度，《國語日報》一〇一年四月十一日。
那位廣東女子，《國語日報》九十四年一月十一日。
盲魚，《國語日報》九十三年十二月十七日。
蘆笛岩，《國語日報》九十三年十二月二十四日。
山水間的苦行僧，《國語日報》九十四年二月二十二日。
美麗的翠湖，《國語日報》九十三年七月六日。
殺價記，《國語日報》九十三年八月十日。
青蛙的後代，《國語日報》九十三年十月二十六日。
巴山夜雨，《國語日報》九十一年六月二十八日。
媚態觀音：大足石刻品賞之一，《國語日報》九十一年七月二十三日。
養雞女：大足石刻品賞之二，《國語日報》九十一年八月二日。
天籟・悠揚，《國語日報》九十七年五月二十日。

泥菩薩過江：酆都行腳之一，《國語日報》九十一年八月二十三日。
走一趟奈何橋：酆都行腳之二，《國語日報》九十一年八月二十七日。
相見歡：武漢大學講學系列之一，《國語日報》九十五年五月三十日。
我是個怎麼樣的人：武漢大學講學系列之二，《國語日報》九十五年六月十三日。
走訪珞珈山：武漢大學講學系列之三，《國語日報》九十五年六月二十三日。
抗日的真相：武漢大學講學系列之四，《國語日報》九十五年七月七日。
拆不穿的西洋鏡，《國語日報》九十四年八月三十日。
遊走朱家角，《國語日報》一〇六年十一月二十九日。
北京烤鴨，《國語日報》九十五年二月二十一日。
慕田峪長城，《國語日報》九十五年三月二十四日。
天子駕六，《國語日報》九十三年七月三十日。
壞事變好事，《國語日報》九十三年十一月十六日。
香江夜景，《國語日報》九十二年一月七日。
不是歪歪人，《國語日報》九十年七月二十日。
水晶沙灘，《國語日報》九十四年三月八日。
第一次浮潛，《國語日報》九十四年三月二十五日。

第二次浮潛，《國語日報》九十四年四月一日。
馬來亞婦女，《國語日報》九十四年六月十日。
虎豹別墅，《國語日報》九十三年八月三十一日。

釀文學224　PG1948

鐘樓應該有怪人
——我的歐亞紀行

作　　者	王基倫
責任編輯	鄭伊庭
圖文排版	楊家齊
封面設計	蔡瑋筠

出版策劃	釀出版
製作發行	秀威資訊科技股份有限公司 114 台北市內湖區瑞光路76巷65號1樓 電話：+886-2-2796-3638　傳真：+886-2-2796-1377 服務信箱：service@showwe.com.tw http://www.showwe.com.tw
郵政劃撥	19563868　戶名：秀威資訊科技股份有限公司
展售門市	國家書店【松江門市】 104 台北市中山區松江路209號1樓 電話：+886-2-2518-0207　傳真：+886-2-2518-0778
網路訂購	秀威網路書店：http://store.showwe.tw 國家網路書店：http://www.govbooks.com.tw
法律顧問	毛國樑　律師
總 經 銷	聯合發行股份有限公司 231新北市新店區寶橋路235巷6弄6號4F 電話：+886-2-2917-8022　傳真：+886-2-2915-6275

出版日期	2017年12月　BOD一版
定　　價	320元

版權所有・翻印必究（本書如有缺頁、破損或裝訂錯誤，請寄回更換）
Copyright © 2017 by Showwe Information Co., Ltd.
All Rights Reserved

Printed in Taiwan

國家圖書館出版品預行編目

鐘樓應該有怪人：我的歐亞紀行 / 王基倫著. -- 一版. --
臺北市：釀出版, 2017.12
面； 公分
BOD版
ISBN 978-986-445-237-8(平裝)

855 106022065

讀者回函卡

感謝您購買本書，為提升服務品質，請填妥以下資料，將讀者回函卡直接寄回或傳真本公司，收到您的寶貴意見後，我們會收藏記錄及檢討，謝謝！如您需要了解本公司最新出版書目、購書優惠或企劃活動，歡迎您上網查詢或下載相關資料：http:// www.showwe.com.tw

您購買的書名：________________________________

出生日期：________年________月________日

學歷：□高中（含）以下　□大專　□研究所（含）以上

職業：□製造業　□金融業　□資訊業　□軍警　□傳播業　□自由業

□服務業　□公務員　□教職　□學生　□家管　□其它______

購書地點：□網路書店　□實體書店　□書展　□郵購　□贈閱　□其他

您從何得知本書的消息？

□網路書店　□實體書店　□網路搜尋　□電子報　□書訊　□雜誌

□傳播媒體　□親友推薦　□網站推薦　□部落格　□其他__________

您對本書的評價：（請填代號　1.非常滿意　2.滿意　3.尚可　4.再改進）

封面設計____　版面編排____　內容____　文／譯筆____　價格____

讀完書後您覺得：

□很有收穫　□有收穫　□收穫不多　□沒收穫

對我們的建議：________________________________

____

____

____

請貼
郵票

11466
台北市內湖區瑞光路 76 巷 65 號 1 樓
秀威資訊科技股份有限公司 收
BOD 數位出版事業部

(請沿線對折寄回，謝謝！)

姓　　名：＿＿＿＿＿＿＿＿　年齡：＿＿＿＿　性別：□女　□男

郵遞區號：□□□□□

地　　址：＿＿＿＿＿＿＿＿＿＿＿＿＿＿＿＿＿＿

聯絡電話：(日)＿＿＿＿＿＿＿＿(夜)＿＿＿＿＿＿＿＿

E-mail：＿＿＿＿＿＿＿＿＿＿＿＿＿＿＿＿＿＿